Karl-Markus Gauß

Das Erste, was ich sah

Paul Zsolnay Verlag

1 2 3 4 5 17 16 15 14 13

ISBN 978-3-552-05638-1

Satz: Eva Kaltenbrunner-Dorfinger, Wien
Druck und Bindung: Friedrich Pustet, Regensburg
Printed in Germany

MIX
Papier aus verantwortungsvollen Quellen
FSC® C014889

Das Erste, was ich sah

DIE STIMME, wie lange spricht sie schon? Sie kommt aus dem dunklen, mit gerippten Plastikknöpfen bestückten Kasten, der zwischen den zwei hohen Buchregalen steht und ein quer laufendes, grünlich leuchtendes Band hat. Wenn die Mutter die Tuchenten ausklopft, setzt sie mich im Wohnzimmer auf den Boden. Ich hämmere auf Holzstücke, die ich aus der Matador-Kiste geleert habe, und während ich versuche, Bauklötze mit Stäbchen so zusammenzustecken, dass sie einer Figur oder einem Gebäude gleichen, höre ich diese körperlose Stimme. Gesucht wird der Gefreite Matthäus Ploderer, Angehöriger der 44. Infanteriedivision, zum letzten Mal gesehen im Jänner 1943 in Pitomnik.

Ich werfe die Klötze in die Ecke und gehe zum Fenster, vor dem die Schneeflocken wirbeln. Über die Wiesen ist eine weiße Decke gebreitet, erst im Frühling nimmt die Siedlung wieder Farbe an, im Sommer fahren wir mit dem Bus ins Volksgartenbad, bis wir müde sind von der Sonne und vom Lärm der *anderen*. Im Herbst verschwinden die beiden Schwestern in der Schule und der Bruder im Kindergarten, ich spiele jetzt mit bunten Lego-Steinen aus Plastik, die mir so wenig Freude bereiten wie das Spielzeug aus Holz. Verdrossen schaue ich zum Fenster hinaus und bemerke, dass es wieder zu schneien begonnen hat, und noch immer ist die Litanei unbekannter Namen, fremder Orte, zerschlagener Divisionen nicht verstummt. Allein mit der volltönenden Stimme, werde ich mir meiner Anwesenheit im Raum bewusst, und der empörenden Tatsache, dass ich allein bin. Der Raum ist unser Wohnzimmer, aber er ist unendlich groß, er reicht bis zur Narva, das Schlachtfeld von

Charkow hat Platz darin, die Sümpfe des Donezk. Dies ist eine meiner frühesten Erinnerungen, die Stimme, die heute nur in mir noch existiert, weil der Mann aus dem Radio längst tot und im Äther verrauscht ist, was er sagte, diese Stimme, die keinem Anwesenden gehörte und nach zahllosen Abwesenden fragte: sie war es, die in mir das Bewusstsein meiner selbst geweckt hat.

DAS ERSTE, WAS ICH SAH, als ich aus dem Schlaf gerissen wurde, war der Vater, wie er die Bücher aus dem Fenster warf. Er trug die Kleidung, die wir von ihm zuhause gewohnt waren, ein ärmelloses weißes Unterhemd und die akkurat gebügelte dunkelblaue Hose, die zu dem Sakko gehörte, das er sogleich, wenn er die Wohnungstür hinter sich geschlossen hatte, achtlos über einen Haken der Garderobe hängte. Ich schreckte auf, es war Nacht, im scharfen Licht stand der Vater beim Fenster und nahm ein Buch nach dem anderen vom Stapel, prüfte es kurz und warf es dann mit lässiger Armbewegung die vier Stockwerke in den Garten hinunter. Dann beugte er sich hinaus und schickte den Büchern ein paar höhnische Worte hinterher, die den zwei Männern galten, die unten in der Finsternis warteten und an ihren begütigenden Rufen, die sie bei jedem Wurf hören ließen, leicht zu unterscheiden waren.

Hinter ihm im Zimmer stand die Mutter, redete auf ihn ein und nannte ihn beständig »Kortschi«. Das war die ungarische Koseform seines Vornamens Karl, die sie nicht oft verwendete, denn auf Ungarisch sprachen sie nur, wenn sie sich in einträchtiger Stimmung befanden, ganz anders, als wenn sie unversehens ins Serbokroatische wechselten; dann zischten sie sich Worte zu, die wir nicht verstehen sollten, von denen wir aber verstanden, dass es böse Worte waren, sodass das Serbokroatische für uns immer Unfrieden bedeutete und dieses tagelange dumpfe Brüten ankündigte, das auf ihren Streit zu folgen pflegte. Jetzt aber war sie begeistert von ihm, als hätte sie gerade wiederentdeckt, wie leidenschaftlich er sein konnte, und ich weiß nicht, ob ich sie je wieder so hingerissen von ihm gesehen habe wie damals, als sie ihn halbherzig vom Fenster zog und doch zu hoffen schien, dass er sich nicht so rasch werde besänftigen lassen.

Aufgewacht in diesem Tumult, beginne ich zu weinen. Bücher sind etwas Wertvolleres als Vasen und Gläser und Tassen, sie sind das Edelste, das Menschen besitzen können. Die beiden Regale im Wohnzimmer, zwischen denen der dunkle Kasten mit Radio und Plattenspieler steht, sind bis oben mit ihnen bestückt, die der Vater in hohem Bogen in den Garten befördert, als handle es sich um wertloses Zeug. Und doch ist er gutgelaunt in seinem Grimm, in dem ihn die Mutter tadelnd anfeuert, sodass ich mitten im Weinen lachen muss wie damals, als die Schwestern ein großes Glas Wasser aus dem Fenster leerten und unten zufällig die böse Frau Eder vorbeiging, die alle Kinder im Haus fürchteten. Wir waren ärmer als unsere Nachbarn, aber die Eltern hatten verboten, dass wir uns von der Frau Eder *schurigeln* lassen. Und unsere Familie war auch ärmer als die Familien aller Mitarbeiter meines Vaters, weil er in der *Beratungsstelle der Vertriebenen* ihr Chef war und sich deswegen mehr Sorgen um die Menschheit als um die eigene Familie machen musste.

Der Vater wurde nie laut, aber ein großer Zorn schlief in ihm, und ausgerechnet um zehn Uhr in dieser Nacht, als die anderen schlafen gingen, war er erwacht. Es war ein schrecklicher und ausgelassener Zorn, und indem er die Bücher aus dem Fenster segeln ließ, zeigte der Vater denen, die sie unten aufzufangen versuchten, wie sehr er sie verachtete. Die Mutter sagte es den beiden Schwestern, die im Nachthemd herbeigeeilt waren und erst verschreckt, dann belustigt in der Ecke standen, die sagten es dem Bruder, der es mir erklärte: Die zwei greinenden Männer im Garten waren *Krä-*

merseelen, die vom Vater die Bücher, die er persönlich zugeschickt bekommen, studiert und in seiner Zeitung beurteilt hatte, für das Archiv verlangten, das er selbst gegründet hatte; mit solchen Krämerseelen bekamen wir es oft zu tun, das waren dumme Leute, die von nichts eine Ahnung hatten außer vom *Erbsenzählen*.

DUNKEL KLANG die Stimme der Mutter, belegt, von Abertausenden Zigaretten gedämpft die des Vaters, aber beide sprachen sie einen Dialekt, von dem ich erst später, als ich in die Schule kam, bemerkte, dass er sich fremd gegen die Sprache der Stadt ausnahm. Die Eltern sagten Guchen und Gäggsä, wenn sie Kuchen und Kekse meinten, sie sagten Dirol und Dürgei, Babsd und Bedersblads, das O und das A setzten sie tief hinten in der Kehle an, dafür ließen sie das R bis vorne an die Zähne rollen. In der Siedlung, in der wir wohnten, war mir das nicht aufgefallen, denn hier lebten mehr Leute, die aus Südtirol, Schlesien oder dem Sudetenland stammten, als solche, deren Familien schon zwei, drei Generationen in Österreich oder gar in Salzburg ansässig waren. Und zuhause gingen ohnedies Menschen aus vielen Ländern ein und aus, auf dem Türschild stand jahrelang nicht nur unser Name, sondern auch *Beratungsstelle für Volksdeutsche.* Darum kannte ich die rauhen, brüchigen, unsicheren, dröhnenden, erbosten, bettelnden Stimmen von Leuten, die sich als Dobrudscha-, Karpaten- oder Bessarabiadeutsche, als Siebenbürger Sachsen oder Banater Schwaben bezeichneten und alle ihre eigene Sprache hatten. Manche bevorzugten Zwielaute wie das lang gedehnte Ä, was einen Misston erzeugte, der nicht unsympathisch war, bei anderen waren es die Zischlaute, die ihre Rede flüssig machten und dieser etwas Vertrauliches gaben.

Ich sitze unter dem Tisch und höre, wie sie sprechen, die namen- und gesichtslosen Männer, von denen ich nur die dunklen Hosen, ihr verbogenes, fest geschnürtes Schuhwerk, die kratzigen Socken und manchmal ein Stück ihrer knochigen weißen Beine sehe. Oder ich liege in meinem Zimmer auf dem Bett und der Singsang ihrer Reden geleitet mich in den Schlaf, ich schaukle in ihren Sätzen, in denen es fast immer um einen Ort geht, den sie verloren haben, oder einen Ort, den sie für sich zu gewinnen versuchen, um die sagenhaften Städte, die sie verlassen mussten, oder die sagenhaften Städte, in die sie übersiedeln wollen, um Werschetz, Eger, Freudenthal oder um Toronto, Philadelphia, Buenos Aires.

Der Einzige, dessen Schuhe nicht hart, verbogen und fest geschnürt waren, sondern schmal und weich, war ein älterer Mann, dessen Gesicht ich kannte, weil wir ihn manchmal trafen, wenn wir Kinder mit den Eltern in die Stadt gingen. Er war zierlich, tänzelte mehr, als dass er schritt, hatte weißes seidiges Haar, trug einen hellen Anzug mit dünnen, fast schon durchsichtigen Stellen und küsste, wenn sie dabei war, der Mutter die Hand. Er sprach Deutsch, aber mit einer possierlichen Färbung. Dort, wo er herkam, war er Musikprofessor an der Akademie gewesen, sagte der Vater, was für ein feiner Mann, sagte die Mutter, er hieß Béla Miller und war der erste Ungar meines Lebens.

ES GAB ABENDE, da zog Vater die glänzend polierten schwarzen Schuhe und das Sakko an, ohne die Wohnung zu verlassen. Das bedeutete, dass wir Besuch erwarteten, und den empfing man nicht in Pantoffeln. Mutter hatte den Nachmittag in der Küche verbracht und jeden, der hineinwollte, verscheucht, dann zog sie sich zurück und erschien zwanzig Minuten später wie unter einem Strahlenkranz im rot-schwarzen Kleid, von dem alle sagten, dass es ihr so gut stand, und mit der Kette um den Hals, an der lauter Korallen hingen. In der Küche köchelte im großen Topf die serbische Bohnensuppe, so scharf gewürzt, dass man beim ersten Löffel nie wusste, ob sie nicht zu heiß war, und die mit jedem weiteren besser wurde. Oder es dampften im durchsichtigen Jenaer-Glas dicht aneinandergelegt die gelbgrünen Sarmastücke, die Krautrouladen, die mit Faschiertem gefüllt waren und mit Sauerrahm serviert wurden.

Vater ging gereizt in der Wohnung herum, die Zigarette in der linken Hand zwischen zwei von Granatsplittern blau gesprenkelte, verkrümmte Finger geklemmt. Vom gedeckten Tisch im Wohnzimmer nahm er die durchsichtige Flasche, die ein scharfes Getränk enthielt, das Puschkin hieß und in kleine Gläser über eine hellrote Kirsche geleert wurde. Er goss einen ordentlichen Schluck in das Glas und kippte es auf einmal hinunter, dann verzog er das Gesicht und strich sich unter den Rippen über den Bauch. Auf seinem Nachtkästchen standen immer eine Büchse und eine Schachtel mit Tabletten, Rotter hießen die einen, die das Wasser rot färbten, wenn sie sich darin auflösten, Rennie die anderen, die gelutscht werden mussten. Er stand im Wohnzimmer, rieb sich den Bauch und fluchte leise über die Besucher, die natürlich wieder zu spät kamen.

Die Schwestern, die schon groß waren, zweigten ihr Nachtmahl von den vorbereiteten Speisen ab, ehe die Gäste eintrafen, und verzogen sich bald nach der Begrüßung in ihr Zimmer. Der Bruder, drei Jahre älter als ich, blieb eine Zeitlang und ließ sich, für sein Wissen berühmt, von den Besuchern examinieren; folgsam sagte er die höchsten Berge und längsten Flüsse der Erde auf, dann wurde es ihm langweilig, und er verabschiedete sich mit artiger Verbeugung. Ich aber genieße es, umfangen von all den Stimmen, langsam müde zu werden und in eine Art von Vorschlaf zu sinken, in dem ich den Stimmen lausche, die wogend den Raum erfüllen; ich lehne irgendwo abseits oder sitze auf dem Schoß der Mutter, den Kopf auf ihre Schulter gelegt, und versuche den Augenblick, in dem sie aufstehen und mich in das Kinderzimmer tragen wird, so lang wie möglich hinauszuzögern, indem ich mich still und reglos halte.

Wenn es doch geschehen war, wartete ich im Bett den Moment ab, an dem das Gespräch im Wohnzimmer laut wurde oder Gelächter herüberklang, lief zur Tür und öffnete sie leise einen Spalt, sodass ich einschlafend weiterhören konnte: den komödiantischen Singsang des Herrn Stützenbach, dessen dünner Oberlippenbart scharf geschnitten war und der manchmal ein kleines Notizbuch aus braunem, abgegriffenem Leder aus der Westentasche zog, um nebenbei darin zu blättern und dann einen der Witze zu erzählen, von denen er ein paar hundert in seinem Repertoire hatte; oder den Rechtsanwalt Sitzwohl, der mir immer, wenn sein Blick den meinen traf, mit dem linken Auge verschwörerisch zuzwinkerte und nicht oft, aber dann stets lange sprach und kaum je unterbrochen wurde; oder die Frau

Reitter, eine alte Dame mit tiefer Stimme, die auf dem weißen Haar einen schwarzen, schräg aufgesetzten Hut trug, und von der es hieß, sie sei, ehe sie *vertrieben* wurde, die erste mondäne Frau der *Batschka* gewesen, weil sie Zigaretten rauchte, nie geheiratet hatte und schon vor dem Krieg allein nach Ägypten gereist war.

Die Stimmen schwellen an und ab, es ist ein stundenlanges Rollen und Branden, das sich zu stürmischem Brausen und wütendem Poltern steigert, wenn die Männer zu streiten beginnen und die Frauen sie nur für kurz zu beschwichtigen vermögen, denn einmal in Rage geraten, fangen sie bald wieder zu schreien an – Verräter, Nazi, Kommunist. Es kam öfter vor, dass jemand Vater einen Kommunisten nannte, einmal hat er sogar einen Prozess geführt, weil er von einer Krämerseele in einer Vertriebenenzeitung so bezeichnet wurde, dabei hielt er den Kommunismus für keine gute Sache, nur für eine gerechte Strafe, die gerechte Strafe für all die geldgierigen, verlogenen Dummköpfe, die sich noch dazu als fromme Christenmenschen aufspielten.

IM GARTEN LIEFEN viele Kinder durcheinander, eines folgte mir und beschloss, für mich zu sorgen. Sabine war zwei Jahre älter als ich und einen Kopf größer, und wenn meine Schuhbänder offen waren, kniete sie nieder und band sie mir, was mir angenehm war, und wenn ich beim Laufen stürzte, half sie mir auf und wollte mich tragen, was mir unangenehm war. Dauernd umarmte und herzte sie mich, was ich nicht ungern ertrug, solange niemand uns sehen konnte, und mich in die Flucht trieb, wenn andere dabei waren. Sie riefen »Butzi, Butzi«, wenn Sabine mich bemutterte, und obwohl ich den Vorteil, der Jüngste zu sein, in der Familie schon zu schätzen gelernt hatte, kränkte es mich, wenn mir die Bevorzugung, auf die ich Anspruch hatte, mit öffentlichem Spott entgolten wurde.

Sabine hatte einen brünetten Bubikopf, war geschickt und zielstrebig, sie entschied, dass wir heiraten sollten, wenn wir erwachsen wären, und ich zur Hochzeit einen Hut tragen müsste, weil ich kleiner war als sie. Sie malte sich die Dinge mit praktischer Phantasie aus, nach dem Vorbild ihrer Mutter, die ihren Mann, einen verschlossen über seinen Kriegserlebnissen brütenden Angestellten, bemutterte und bevormundete und dabei doch sorgsam darauf achtete, dass er nicht in den Ruf geriet, einer jener Waschlappen zu sein, auf den keine Ehefrau stolz sein konnte.

Sabine wohnte im fünften, ich im vierten Stock. Die Tür des Lifts war dunkelgrün, trug das bronzene Firmenschild »Sowitsch Aufzüge« und hatte in der Mitte einen schmalen Streifen aus dickem Glas, durch den man in die Kabine sah. In ihr war die Tafel angebracht: »Ruhig halten, bis der

Lift hält.« Drückte ich mich in der Kabine an die der Tür entgegengesetzte Wand, erlosch, weil ich nur geringes Gewicht hatte, bald das Licht, sodass er von einem anderen Stockwerk aus gerufen werden konnte. Wenn ich nach dem Spielen müde war, stellte mich Sabine ganz hinten in die Kabine, sauste in den Zwischenstock von vierter und fünfter Etage hinauf und drückte dort den Knopf, sodass der Lift mit leisem Seufzen ruckelnd anfuhr. Kaum dass er stehen bleibt, reißt sie die Tür auf, reckt mir ihre Arme entgegen und sagt in seligem Besitzerstolz: Du bist ja schon wieder größer geworden! Dann nimmt sie mich an der Hand, führt mich die sieben Stufen zu unserer Wohnung hinunter und übergibt mich der Mutter.

Ich hasste und liebte es, von ihr umsorgt zu werden, sie war mir angenehm und peinlich, in dem, was sie mir bedeutete, lagen Glück und Verrat nahe beisammen. Als ich in die erste Klasse der Volksschule kam, in der sie zwei Klassen über mir war, gestattete ich es ihr noch, meine Schultasche zu tragen, aber nur durch die Siedlung bis zur Kreuzung, an der die Bäckerei stand und die Schulkinder aus drei Richtungen zusammentrafen. Diesen wollte ich nicht zeigen, dass mir die Tasche von einem Mädchen getragen wurde, und darum schnappte ich sie mir beim Eck vor der Kreuzung immer selbst und ließ Sabine grußlos stehen. Nach Schulschluss wartete sie verlässlich am Eck hinter der Bäckerei, und ich war erleichtert, wieder jemanden zu haben, der auf mich achtete, ohne dass ich mir seine Zuneigung erst hätte verdienen müssen. Es gab Menschen, die mich verwöhnen wollten, und Sabine lehrte mich, dass das eine Sache zwischen ihnen und mir war, die die Welt nichts anging.

BEVOR ICH AUF DIE WELT kam, saß ich am Milchbrunnen, hoch oben zwischen den Sternen, und wartete darauf, zu meinen Eltern gebracht zu werden. Die Kinder im Haus, die in Unwissenheit gehalten wurden, erzählten sich andere Geschichten von ihrem Herkommen, sie glaubten an den Storch oder behaupteten sogar, im Bauch ihrer Mutter gebacken worden zu sein. Vielleicht gab es ja verschiedene Möglichkeiten, in die Welt zu gelangen, sodass nicht alle Kinder von den Sternen stammten und sich so wie ich am Brunnen, in dem die Milch plätscherte, gelangweilt und danach gesehnt hatten, geboren zu werden.

Manchmal quälte mich das bange Gefühl, dass alles ein Irrtum gewesen und ich vom Milchbrunnen zu den falschen Eltern gebracht worden war. Irgendwo lebten ein Mann und eine Frau, die mich ausgesucht und niemals erhalten hatten, sie schauten in der Nacht zu den funkelnden Sternen hinauf und warteten, dass ich auf einer Wolke, einem Nebelstreif vorbeigebracht wurde; und da ich nie ankam, wurden sie traurig und machten sich auf die Suche und würden mich, wenn sie mich bei meinen Eltern und Geschwistern anträfen, gewiss für sich beanspruchen und mitnehmen wollen. Darum betete ich, Gott möge die richtigen Eltern, wenn es sie gab, nie zu mir finden, und die meinen, wenn sie die falschen waren, nie hinter ihren Irrtum kommen lassen.

VIEL ZU FRÜH IN DER FRÜH begann es zu donnern und zu knallen, ein dumpfes, dann helleres Schlagen hallte aus dem Hof in den vierten Stock herauf. Frau Eder schlug, den stämmigen Oberkörper nach rechts geneigt, mit einem Klopfer auf einen gemusterten Teppich ein, aus dem sich kein Stäubchen mehr verflüchtigte. Alle zwei, drei Wochen hängte sie ihre Teppiche über die grüne Teppichstange und drosch sie mit ausdauerndem Hass. Frau Eder war groß und kräftig und fand beständig keifend immer etwas an den Kindern des Hauses zu beanstanden. Fast nie sah ich sie anders als in einem dunklen einfärbigen Putzgewand mit bunter Schürze, und fast immer war sie mit Hausarbeiten beschäftigt. Sie klopfte Polster am Fenster im Parterre aus, putzte die Fenster, bürstete das Sakko ihres Mannes, trug den schwarzen Mistkübel zur Mülltonne an der Straße, den sie, sobald er geleert war, beim Kanaldeckel mit einer Kanne Wasser ausschwappte und sauber wusch, und drei Mal täglich ging sie einkaufen, obwohl sie nur für sich, ihren Mann und Erwin, das einzige Kind, zu kochen hatte, aber für drei Lebensmittel ging sie in drei verschiedene Geschäfte.

Ihr Mann war Buchhalter, klein und dürr, nicht nur gemessen an seiner ihm körperlich weit überlegenen Frau, sondern auch innerhalb der Brigaden magerer Männer, aus denen seine Generation bestand. Er hatte eine leise, doch schneidende Stimme, und seine große, böse Frau schlich neben ihm verhuscht und wie zusammengestaucht, ihn um einen Kopf überragend, doch ihm geradezu unterworfen. Ging sie mit Mann und Sohn aus, hielt sie den Kopf gesenkt, als versuchte sie sich kleiner zu machen, und trug die

Damentasche aus braunem Leder wie einen Ziegelstein mit Henkel. Erwin stapfte bei diesem Anlass immer fünf Schritte vor oder fünf Schritte hinter ihnen, er schämte sich, zu diesen Eltern zu gehören, und kaum war er 21 und großjährig geworden, zog er aus und verschwand für immer. Frau Eder war unbeliebt bei den anderen Frauen, von denen die meisten einen Schippel Kinder hatten, die unter ihrer unwandelbar schlechten Laune litten, unter dieser niemals sich aufbrauchenden Gehässigkeit, und dass Frau Eder unglücklich war und ihr Mann sie augenblicklich zum Kuschen bringen und ins Haus scheuchen konnte, vergönnte man ihr, wie man auch gerne das Gerücht weitergab, das Krispindel von Mann schlage sie, wenn sie sich im Haushalt einen Fehler erlaubte.

Lag im Dezember genügend Schnee auf der Wiese, eröffnete Frau Eder den Weihnachtsputz, indem sie als Erste ihre Teppiche ausrollte und zu bürsten begann. Zu Mittag, wenn es ihr die anderen Hausfrauen gleichgetan hatten, war der Abdruck vieler Teppiche im Schnee zu erkennen, der schwarz geworden war, ein peinlicher Beweis dafür, dass die Wohnungen das Jahr über nicht sauber genug gehalten wurden. Eines Tages fiel Frau Eder um und war auf der Stelle tot, und ihr Mann, der sie tyrannisiert hatte, schien wie vom Schlag gerührt. Er, der kaum ein freundliches Wort für die Nachbarn erübrigt hatte, sprach diese nun auf der Straße an und sagte allen dasselbe, dass seine Frau eine Seele von einem Menschen gewesen und es ungerecht sei, dass sie trotzdem hatte sterben müssen, und dabei wackelte er mit dem Kopf, und in seine wasserblauen Augen schossen die Tränen.

EINE KLOPFSTANGE STAND IN JEDEM GARTEN, aber dass auf ihr die Teppiche ausgeklopft wurden, war es nicht, was sie interessant und wichtig machte. Sie diente uns als erstes Turngerät, hier lernte ich, vom Bruder hochgehoben, die Finger fest um die obere Querstange zu schließen und den baumelnden, von der Kraft der eigenen Arme gehaltenen Körper hin und her zu schaukeln; und hier wagte ich, nachdem ich es Älteren abgeschaut hatte, das Kunststück, die Kniekehlen um die untere Querstange zu pressen und mich kopfüber hängen zu lassen. Das Haus, die Bäume, die Gefährten, sie alle standen jetzt auf dem Kopf, und der Himmel war hoch und unten, das Blut strömte in den Schädel, ein angenehmer Schwindel ergriff mich, bis ich das Gefühl hatte, ich käme nie wieder von der Klopfstange herunter; ich spürte nicht mehr, wo oben und unten war, und in diesem Augenblick lösen die Kniekehlen den Druck und ich falle, aber instinktiv mache ich die halbe Rolle, die nötig ist, um auf den Füßen zu landen; als ich mich aufrichte, blicke ich in den blauen Himmel, der jetzt wieder oben ist und zu pulsieren scheint, ich höre es in meinem Schädel rauschen und die Vögel am Himmel kreischen, das Glück wogt so heftig in mir, dass ich wanke und mich an der Stange anhalten muss.

Die Klopfstange war unser Treffpunkt, und während wir uns unterhielten und mit den Füßen im Schotter scharrten, in diesen würfeligen, weißen und weißgrau gesprenkelten Steinen, kletterte immer einer hinauf, um ein paar Kunststücke zu zeigen und sich dann wieder neben die anderen zu stellen, von denen fast jeder mit der Hand Verbindung zur Stange hielt. Gedränge entstand, wenn Sabine sich zu den Buben gesellte und bald selbst zu turnen begann, denn am Ende ihrer Vorführung hing sie immer kopfüber, um gekonnt und mutig zu schaukeln, und dabei fiel ihr Kleid, das sie mit den Armen an die Oberschenkel drückte, schließlich über ihren Kopf nach unten, was den Blick auf ihre geblümte Unterhose freigab, einen Blick, für den wir so lange ausgeharrt hatten und der uns doch nicht erlöste, sondern in sprachlose Gereiztheit versetzte und in meckerndem Gelächter davonlaufen ließ.

Der andere Treffpunkt lag nicht im Garten, sondern an der Straße, beim Eck unseres Hauses, wo zwei runde, blecherne Mülltonnen standen. Zwei Mal in der Woche wurde die ganze Straße aus dem Schlaf gerissen, wenn ein anfahrender und gleich darauf abbremsender Lastwagen frühmorgens vor jedem Haus hielt und die lauten, ausgelassenen Männer der Müllabfuhr die scheppernden Mülltonnen zum Wagen rollten, sie entleerten und dann rumpelnd wieder auf ihren Platz beförderten. In die zwei Tonnen, die es für die achtzehn Parteien des Hauses gab, wurde gesteckt, was immer im Haushalt übrig geblieben war, Lackdosen, faulende Gemüsereste. Alles andere wurde verwertet und wiederverwendet – Konservendosen dienten als Behälter für Schrauben, Nägel, Haken, Knöpfe, mit den Zeitungen von vorgestern wurden die Schubladen der Kästen ausgelegt oder die Fenster geputzt, und Lebensmittel verdarben nicht, weil in andere Form gebracht und neu zubereitet wurde, was am Vortag nicht aufgegessen worden war. Hart gewordenes Brot weichte Mutter in Milch auf, um eine Speise zuzubereiten, die aus milchigem Brot, Eiern und Rosinen bestand.

Bei den Mülltonnen endete mein Reich, erst als ich fast

vier Jahre war, wurde diese Grenze aufgehoben, die ich, wenn ich allein spielte, nicht überschreiten durfte. Oft saß ich mittags dort, die Beine untergeschlagen, auf dem Deckel einer Mülltonne und hielt Ausschau, ob der Bruder, der mich im Stich gelassen hatte und Volksschüler geworden war, nicht endlich nachhause kam.

ICH LIEBTE DAS AUFWACHEN um des Weiterschlafens willen. Wenn die Sonne hinter dem Gaisberg aufging, kitzelte sie mich an der Nase, ich öffnete die Augen und sah, wie über die jetzt noch dunkle Bergkuppe, die tagsüber eine blaue Farbe annahm, die ersten Strahlen fielen. Abends fürchtete ich den Augenblick, da die Mutter ins Zimmer trat, durch nichts mehr zu erweichen war, die Lampe ausknipste und mich mit dem Tod allein ließ. Herrlich aber war es, früh am Morgen zu erwachen und es nach einem Blick hinaus in den beginnenden Tag für ein, zwei Stunden noch einmal mit dem Schlafen und Träumen zu probieren; oder mich gar in dem Zustand zu halten, der der kostbarste war und halb zum Schlaf, halb zum Wachsein gehörte, ein Zustand, in dem ich es manchmal zu einer Art von vorsätzlichem, gesteuertem Träumen schaffte.

Ich erwachte, aber dieses Mal war etwas anders. An dem Tischchen beim Fenster saß der Bruder, das Buch vor sich, von dem er mir verboten hatte, dass ich es in die Hand nahm. Seit ein paar Wochen ging er zur Schule, nun saß er da im aufgehenden Morgen des Lesens, still und reglos, nur dass er die Finger langsam über die Zeilen des Buches gleiten ließ und mit den Lippen stumme Worte formte. Er war ganz abweisende Aufmerksamkeit, und wie geduldig er mir sonst Auskunft zu geben pflegte über alles, was er schon wusste und ich von ihm wissen wollte, so streng in sich verschlossen war er nun, da er unansprechbar und unerreichbar schien in seiner anderen Welt, zu der ich mir meinen Zugang noch erkämpfen musste. Es war ein gelbes Buch, auf dessen Titelblatt sich viele Kinder an den Händen hielten und im Ringelreihen um die beiden Wörter drehten, die rätselhaft, gebieterisch und verheißungsvoll in ihrer Mitte standen und von denen das eine »Meine« und das andere »Fibel« hieß. In diese Fibel durfte ich nur blicken, wenn der Bruder danebensaß und er es war, der die Seiten umblätterte; dann erklärte er mir manchmal, worum es bei den einzelnen Bildern ging und was die schwarzen Zeichen bedeuteten.

Die Geschichte spielte in einem Dorf, dessen Hauptplatz auf einer der ersten Seiten abgebildet war, mit der Kirche, dem mächtigen Kastanienbaum, der Volksschule, dem Geschäft und dem Gasthaus Zur Sonne. In der Mitte war ein Brunnen zu sehen, aus dem ein Mädchen mit blonden Haaren und seine Mutter Wasser schöpften. Vor dem Gasthaus tätschelte ein Bauer einer Kuh, die eine Glocke um den Hals hatte, den Rücken. Im Ort gab es keine Autos wie bei uns in der Siedlung, nicht einmal Fahrräder, aber viele Kinder, die herumtollten, und ein paar Männer, die mit Schubkarren und Rechen hinaus aufs Feld zogen. Zwei Alte gingen am Stock auf das Gasthaus zu, der eine mit einer Pfeife im Mund, und zwei Omas, die das Kopftuch unter dem Kinn verknotet hatten, stiegen gerade die Treppen zur Kirche hinauf.

Da ist Hansi. Da ist sein Vater. Hansi hat eine Lederhose und ein rot-weiß kariertes Hemd an, auch ich habe eine Lederhose, sie ist speckig, glatt, in allen Schattierungen von hellem zu dunklem Braun, nicht eine von diesen neuen grauen, aufgerauhten Hosen, auf die man aufpassen muss, damit sie nicht schmutzig werden. Aus der Lederhose ist der Bruder herausgewachsen, jetzt bin ich es, der ein paar Jahre lang in sie, die bei den Knien umgeschlagen ist, hineinwachsen wird. Hansis Vater hat eine blaue Arbeitshose und schwarze Gummistiefel an und trägt über der Schulter eine Sense, ich kann mir nicht vorstellen, wie es mein Vater anstellen könnte, eine Sense zu tragen, er hat auch gar keine Arbeitshose und keine Stiefel. Und da ist Liesi. Sie hat ein blaues Röckchen an und hält eine Puppe wie einen Säugling im Arm, ihr Gesicht wird von zwei langen Zöpfen gerahmt. Sie ist jünger als ihr Bruder Hansi, der gerade lesen lernt wie mein Bruder, bei uns bin ich der Jüngste, nach mir wird keiner mehr kommen, der in die Lederhose hineinwächst. Und da ist die Mutter. Ihre blonden Haare müssen sehr lang sein, denn sie hat sie in Zöpfen mehrfach fest um den Kopf gewunden, sodass ein richtiger Kranz daraus wurde, meine Mutter trägt ihre Haare offen, sie sind schwarz, richtig schwarz.

Später lernt Hansi Ski fahren, und Liesi fällt von der Rodel. Einmal wird Hansi krank, dann kommt der Doktor und ermahnt ihn, brav die Arznei zu schlucken, die ihm die Mutter mit dem Löffel reicht. Zu Fronleichnam darf Liesi mit den anderen Mädchen im weißen Kleid der Prozession voranschreiten und Blumen auf den Weg streuen. Die Buben müssen dem Pfarrer und der Monstranz, die über die Felder um das Dorf herumgetragen wird, hinterhergehen, aber am Schluss der Geschichte sind es doch sie, die als Ministranten bei der Messe vorne am Altar stehen dürfen.

HATTE KEINER ZEIT FÜR MICH, verteilte ich meine Bilderbücher wie Inseln im Meer der Langeweile auf dem Boden. Ich schwamm durch das Bubenzimmer von einer zur anderen, meist ging ich bei dem bewährten grünen Buch an Land. Auf dem Titelblatt war ein roter Luftballon zu sehen, an dem ein hoch in den Lüften schaukelnder Korb hing. In ihm stand ein dicker Mann, dessen schwarzer, drahtiger Bart das halbe Gesicht bedeckte, und hielt mit einem Fernrohr Ausschau nach blonden Kindern. Ich wusste, er wollte sie stehlen und ins Morgenland verschleppen, wo er schon ein Palastgefängnis voll von ihnen hatte. Ich kannte das Buch längst auswendig, doch es verlangte mich immer noch, von Mutter daraus vorgelesen zu bekommen, und wenn sie schwindelte und eine Stelle übersprang, fiel ich ihr ins Wort und sprach ihr vor, wie sie wirklich ging, die Geschichte vom kleinen Fritz und dem bösen Hatschi Bratschi. War ich allein, schlug ich das Buch an irgendeiner Stelle auf, betrachtete die Bilder, die so detailreich waren, dass ich jedes Mal etwas Neues entdeckte, und sprach laut für mich die Verse, die ihren Reiz und ihren Schrecken nie verloren, denn die Wiederholung schwächte meine Empfindungen nicht ab, sondern erlaubte mir, sie vorauswissend zu genießen.

»Wie sprach die Mutter? Liebes Kind,
Sei brav, wie andre Kinder sind,
Und bleibe schön bei mir zu Haus.
Fritz aber lief zur Tür hinaus.«

Ich liebte diesen Anfang einer Geschichte, die mich ängstigen, am Ende aber mit einem Triumph belohnen würde, ich kannte keine Geschichte, die besser angefangen hätte, und eigentlich wünschte ich, nur solche zu hören, die begannen wie sie. Grün war die Wiese, grün der Hut mit der Feder, den Fritz am Kopfe trug, aus dem Schornstein seines Mutterhauses rauchte es gemütlich in den Himmel, und während sich Fritz jauchzend und springend immer weiter entfernt, steht die Mutter an der Tür und sieht sorgenvoll seiner Ausgelassenheit hinterher. Es war wie in dem Lied von Hänschen klein, das sich in die weite Welt begibt, mit Stock und Hut und wohlgemut: »Doch die Mutter weinet sehr, hat ja nun kein Hänschen mehr.« Das gefiel mir, auch wenn ich es manchmal traurig fand, dass die Mutter allein blieb, aber wenn meine ungerecht zu mir gewesen war, hatte ich mit denen von Fritz und Hänschen kein Mitleid, es geschah ihnen recht, dass sie sich Sorgen machen mussten und ihren Kindern Böses widerfuhr. Um mich für erlittene Kränkung zu rächen, malte ich mir oft aus, die Eltern, Geschwister, Freunde mit dem Schlimmsten zu bestrafen, meinem Tod. Meine Rache im Buch war ein grimmiger Hexerich, »Hatschi Bratschi heißt er, und kleine Kinder fängt und beißt er«.

Die Welt war groß und die Reise im Luftballon abenteuerlich, Fritz, den der Zauberer raubte und der diesen aus dem Korb stieß, fährt mit mir über Äcker, Almen und Dörfer, wir sehen fremde Länder, in denen Melonen, Orangen, Feigen wachsen, und das Meer mit seinen Wellen und Wogen und sogar die Wüste, durch die die Karawanen ziehen. Süß ist der Schauer, betrauert zu werden von denen, die wir zurückgelassen haben, und triumphal wird es sein, heimzukehren mit all den von uns befreiten Kindern.

Unzählige Male bin ich die grüne Insel in meinem Zimmer angeschwommen, ich fand dort zuverlässig die Verse und Bilder wieder, die schön und erschreckend waren. »Hatschi Bratschis Luftballon« lehrte mich die Sehnsucht nach der Fremde um den Preis der Angst vor dem Fremden.

ICH WAR DER EINZIGE GEBÜRTIGE ÖSTERREICHER der Familie. Die Eltern und Geschwister hatten jahrelang als *Staatenlose* in einer Barackensiedlung für *Heimatvertriebene* am Stadtrand gelebt. Die Staatsbürgerschaft erhielten sie erst, kurz bevor ich zu ihnen stieß, und dann übersiedelten wir auch gleich in das neu errichtete Haus in einem anderen, stadtnahen Viertel. Das Haus hatte sechs Stockwerke, in jedem gab es drei Wohnungen, zwei große für die jungen Familien, zwischen denen eine kleinere lag, die für alleinstehende, meist ältere Herrschaften gedacht war. Die achtzehn Parteien bildeten die *Hausgemeinschaft*, die in rasch und rätselhaft wechselnde Gruppen zerfiel, die einander in Misstrauen zugetan blieben und immer neue politische Allianzen schlossen.

Auf keine von ihnen war Verlass, auch nicht auf die beiden ältesten, die von den Familien mit Kindern und den Haushalten ohne Nachwuchs gebildet wurden. Denn es gab Familien, in denen die Kinder einem strengen Regiment unterworfen und angehalten waren, sich allezeit leise und brav zu verhalten; und Junggesellen wie den Ingenieur Portschy, dem eine fleischige, wunde Nase aus dem schuppig geröteten Gesicht ragte, der unsere Spiele, wenn sie nur wild und laut waren, vom Fenster im dritten Stock aus mit anerkennenden Rufen anzufeuern pflegte. Und die winzige Frau Bacher, die die rabenschwarz gefärbten Haare zu einem Turm gesteckt hatte und, weithin sichtbar, beim Fensterputzen im obersten Stock auf dem Fensterbrett herumturnte. Vom grauhaarigen Mann, der bei ihr lebte, glaubte ich, er sei mit ihr verheiratet, erst als ich erfuhr, dass er ihr

Sohn war, fiel mir auf, wie alt sie in Wahrheit schon war. In den beiden hatten die schlimmen Kinder des Hauses ihre wichtigste Stütze, auch mich haben sie, die schwarzhaarige Mutter und ihr grauhaariger Sohn, häufig nach den neuesten Streichen ausgefragt, von denen ich ihnen, begeistert von den Missetaten, die ich nicht verübt hatte, gerne berichtete.

Nach einer anderen Einteilung der Hausbewohner standen den *Zuzüglern* die gebürtigen Salzburger gegenüber. Der verkommene Hagestolz Portschy und der elegante Herr Dobrovolny stammten aus Wien, der Diplomingenieur Schlonsak, ein zierlicher Mann, der sich mit seiner Frau einmal die Woche in Abendkleidung ins Theater oder zum Konzert aufmachte, war aus dem *Sudetenland* vertrieben worden, und die Frau Bichler mit ihren wohlerzogenen Töchtern hatte früher in *Ostpreußen* gelebt. Gegenüber den Neubürgern waren jene, die wie die Eltern Sabines schon immer in unserer Stadt gelebt hatten, in der Minderzahl. Aber auch die ethnische Zuordnung sagte über unser Gemeinwesen nicht viel aus, gab es doch Mischehen zwischen Zuzüglern und Einheimischen und Feindschafen unter den einen wie den anderen.

Die Koalitionen im Haus brachen periodisch auseinander, Kartenpartien, die sich samstags zur Runde Canasta getroffen hatten, lösten sich im Streit wieder auf, aus Wanderfreunden wurden Feinde, die sich nicht grüßten, und einige Parteien schickten sich Briefe, die sie von einem Rechtsanwalt verfassen ließen. Um den Frieden zu sichern, war im Parterre, zwischen Eingangstür und Lift, eine Tafel mit der Hausordnung ausgehängt, auf der die staatlichen Grundsätze in zahllosen, jeden denkbaren Streitfall berücksichtigenden Paragrafen festgelegt waren. Eines Tages war die

Verfassung mit einem Zettel überklebt, auf dem in großen Buchstaben stand: »Der Krieg ist vorbei, wir brauchen uns von den Blockwarten nicht mehr schurigeln zu lassen.« Mutter erschrak, als Frau Kranzler sie von dem Skandal unterrichtete, und fuhr mit dem Lift sofort hinunter, um sich mit eigenen Augen zu überzeugen. Als sie zurückkehrte, warf sie einen flehentlichen Blick auf Vater, aber der beeilte sich zu erklären, dass der Anschlag erstens ungehörig sei und zweitens nicht von ihm stammen könne, denn er hätte nie und nimmer schurigeln geschrieben, sondern *kujonieren*.

DA SOGAR DAS GELUNGENE vergänglich war, warum sollten wir dann geduldig warten, bis es von selbst zerfiel? Eines Tages hatten die Erwachsenen im Hof schmale, entrindete Baumstämme zu einem großen Quadrat gefügt, in das sie gelben Sand leerten. Die Kleinen begannen sogleich Kuchen daraus zu formen, was ihnen den Hohn der Älteren eintrug, die das Bild einer Burg mit Wehrgraben, Brücken, Schießscharten, steilen Wänden vor Augen hatten. Zu hochmütig, bei den Kleinen mitzubacken, diente ich mich den Großen an, indem ich mit einer Kanne aus grünem Plastik Wasser aus dem Keller herbeischleppte, das dem Sand die Konsistenz verschaffte, in der er formbar wird. War er trocken, konnte ich die Faust so fest um ihn schließen, wie ich wollte, kaum öffnete ich sie, rieselte er doch durch die Finger. Ich hätte darüber trübsinnig werden können, wenn er so nicht am besten dafür geeignet gewesen wäre, ihn dem Nächsten, der mich geärgert hatte, ins Gesicht zu werfen oder hinten in den Hemdkragen zu schütten.

Den ganzen Vormittag hatten die Buben an der Burg gebaut, dann stand sie, einen halben Meter hoch und einen Meter im Rund. Auf der einen Seite fiel sie steil ab, an den anderen, die sich in sanften Hügeln neigten, hatten wir die Burgtore durch Burggräben und Schießscharten gesichert. Überall, wo sie Platz fanden, standen unsere Ritter aus Plastik, Holz, Metall an den Wällen, den Schießscharten, im Burghof. Der Sand war dunkel, weil dauernd vorsichtig Wasser auf ihn gegossen wurde, unsere Burg stand massiv und fest gefügt. Nach dem Mittagessen fanden wir sie verwüstet, eingebrochen die Zinnen, die Wälle eingeknickt, die

Brücken eingestürzt, die edlen Ritter vornübergekippt, die Sonne hatte den klebrigen wieder in rieselnden Sand verwandelt.

Ein graues Entsetzen erfasste mich, als ich begriff, dass niemand, kein äußerer Feind und kein Verräter aus unserer Mitte, die Burg zerstört hatte und sie dennoch zerstört war. Immer, wenn wir eine Burg errichtet hatten, die sicher stand, mit ihren Nischen und Wölbungen, Brücken und Torbögen, traten wir nun ein paar Schritte zurück, nahmen Anlauf und sprangen auf sie. Die Mädchen schrien Protest, doch in der Sandkiste unterlag unsere Sehnsucht, etwas zu schaffen, das Bestand hatte, stets der Verlockung, selbst niederzumachen, worum wir uns eifrig bemüht hatten.

SEIT EINER VIERTELSTUNDE sah ich, wie die Milch sich verwandelte, und mein Ekel wurde dabei immer größer. Die Familie war zum Abendessen versammelt, und die Mutter hatte dem Bruder und mir die Tasse mit der verhassten heißen Milch auf den Esstisch gestellt. Ein Glas kalter Milch schmeckte im Sommer nicht schlecht, war sie heiß, bekam man sie hingegen nicht hinunter. Mein Bruder empfand es so wie ich – oder ich hatte es ihm nachempfunden –, sodass wir beide angewidert vor der Milch saßen, deren glatte Oberfläche nach einer Weile gleichsam schartig wurde und kleine Bläschen warf: Die Milch bildete eine Haut, die dicker und kräftiger wurde, bis sie mit einem leichten Gelbstich die ganze Oberfläche bedeckte und von den Kämmen winziger Gebirge, den Rissen winziger Täler durchzogen wurde.

Wir saßen vor den bauchigen Porzellantassen, in denen die Haut sichtbare Falten warf, und schauten zum Vater, der mit dem scharfen Messer von einem vollständig weißen Speck, der mit einer roten Paprikakruste ummantelt war, dünne Scheiben säbelte. Es war uns gestattet, während des Essens jederzeit den Tisch zu verlassen, aber wir blieben fast immer sitzen. Und ebenso war es uns erlaubt, beim Essen wild durcheinanderzureden, und das taten wir auch. Je besser wir uns bei Tisch unterhielten, umso mehr schien es den Eltern zu gefallen, nur bäurische Naturen, redefaul und sprachlich ungelenk, malmten ihr Essen sprachlos hinunter. Nichts zu sagen zu wissen, galt in unserer Familie als Makel, darum waren wir heillos routiniert, Konversation zu treiben, weil nicht zu reden viel schlimmer war, als über nichts zu reden. Nur die jüngere der beiden Schwestern hüllte sich oft in düsteres Schweigen und verweigerte sich dem sprachlichen Familienprogramm, das uns witzige Gewandtheit und charmante Verlogenheit lehrte.

Aber selbst wenn wir uns durch originelle Unterhaltung ausgezeichnet hatten, war die Milch in der Tasse doch nicht weniger geworden. Niemand zwang uns, sie zu trinken, aber wenn wir sie stehenließen, wurde der Vater einsilbig, bis das Gespräch erstarb und zwischen uns das Schlimmste wuchs, das niederschmetternde Familienschweigen. Hatten wir etwas angestellt, wurden wir vom Vater fast nie getadelt; jetzt aber saßen wir um den Tisch, und er schaute missbilligend auf unsere Tassen, denn er, den so vieles nicht kümmerte, was andere Väter wütend machte, zeigte sich geradezu bekümmert, wenn Speisen nicht aufgegessen wurden. Als er die Stille ins Unerträgliche gedehnt hat, langt er, die Miene weniger verärgert als betrübt, mit seiner Gabel herüber und fährt mit dieser vorsichtig in die Tasse, um die Haut, die sich sogleich schlatzig über die Zinken der Gabel legt, langsam zu seinem Mund zu führen und sie mit einem schlürfenden Geräusch in diesem verschwinden zu lassen. Wir sehen das mit gleich viel Erleichterung wie Entsetzen, er hat sich wortlos für uns geopfert, aber sein Opfer ist eine Anklage. Wir sind eine Familie von Aufopferern, einmal opfert sich die Mutter auf, dann der Vater, und dann opfern sich beide zusammen auf, und endlich ist die große Schwester an der Reihe und dann die jüngere Schwester und jede für die andere und beide gemeinsam für alle, und am Ende läuft ein jeder mit der Schuld herum, die ihm von den anderen, die sich für ihn aufgeopfert haben, aufgeladen worden ist.

Ich fragte mich manchmal, ob Vater die Haut womöglich

sogar schmeckte, aber die bloße Tatsache, dass wir sie verschmähten, nahm er als Missachtung der Schöpfung. Wir spürten, dass er uns ein schlechtes Gewissen machen wollte, weil wir uns undankbar gegen die Gaben erwiesen, die uns Gott auf den Tisch gelegt hatte, was er bei Millionen anderen Kindern, die darben mussten, nicht tat; und weil wir uns nicht schämten, dass er es auf sich nahm, an unserer statt das eklige Zeug zu vertilgen. Wir hatten uns also gegen Gott im Himmel und die hungernden Kinder auf Erden versündigt und uns rücksichtslos gegen ihn erwiesen.

Warum wir überhaupt heiße Milch vorgesetzt bekamen? Mutter hielt sie für gesund, und da wir fortwährend in der Gefahr standen, von einer Krankheit dahingerafft zu werden, hat sie uns schweren Herzens damit traktiert. Schließlich mussten gerade wir unsere Widerstandskräfte stärken, die wir seelisch empfindsamer und körperlich empfindlicher waren als die Kinder *anderer Leute*.

DER ROTE BLITZ hatte zwei dicke weiße Räder zum Aufpumpen, einen schmalen Steg, auf dem ich mit einem Bein stehen konnte, während ich mich mit dem anderen, so fest es ging, vom Boden abstieß, und eine Lenkstange, an der weder die Gummiverstärkung bei den Griffen noch die Glocke fehlte. Als ich den Tretroller zu meinem vierten Geburtstag erhielt, konnte ich schon ziemlich gut fahren und bei Kurven die Beine auf dem Trittbrett sogar ein wenig einknicken, damit es gefährlicher aussah. Die Freunde besaßen längst ihre Roller, freilich keinen Roten Blitz, sondern diese, wie mir jetzt auffiel, geradezu lächerlichen Holzbretter, an die kleine schwarze Hartgummireifen montiert waren, in denen keine Luft war. Mein Roller aus Metall und mit richtigen Reifen machte mich den älteren, in der Technik des Rollens schon unterrichteten Freunden mit einem Mal überlegen, und ich habe diese Überlegenheit, unablässig in der Siedlung fahrend, ein paar Wochen lang hemmungslos genossen.

In der Kurve, die von der Radetzkystraße in die Auffenbergstraße wegführte, kam ich zu Sturz und schlug mir Knie und Ellbogen an den weißen, scharfzackigen Steinen auf, die die Grenze von Gehsteig und Vorgarten markierten. Den Roller mit der verbogenen Lenkstange neben mir herschiebend, stapfte ich nachhause, es hätte mich nicht gestört, jetzt von vielen gesehen zu werden, die Ehre heftig blutender Verletzungen wog schwerer als die Schande des Ungeschicks. In der Gegend wohnten einige Männer, die nur ein Bein hatten und sich auf Krücken oder mit Stöcken fortbewegten, das waren die *Kriegsinvaliden*, die es zu achten galt, die anderen Männer waren *Kriegsteilnehmer*, die nur den Respekt verdienten, der jedem Erwachsenen gebührte.

Mutter kramte, nachdem sie meine Wunden begutachtet hatte, aus der Schuhschachtel mit den Arzneien einen kleinen gelben Zylinder aus Plastik hervor, in dem sich weißer Puder befand. Sie klopfte ihn aus den sternförmig gestanzten Löchern im Deckel und ließ es dick auf die Wunden rieseln, was einen brennenden Schmerz hervorrief, aber das Bluten rasch unterband und die Wunden mit einer verklumpenden Schicht aus weißem Puder und gestocktem Blut verschloss. Die Kruste, die sich bildete, war die große Versuchung der nächsten Tage, oft auch Wochen, denn nach einiger Zeit schmerzte die verletzte Stelle nicht mehr, aber sie juckte, bis es unmöglich war, nicht an dem verschorfenden Bug zu rühren. Nach ein paar Tagen musste man einfach kletzeln und fitzeln, mit den Fingern zuerst vorsichtig einige der leicht aufgebogenen und abstehenden Teile der Kruste abziehen und endlich ein krätziges Stück davon abtragen, wobei das noch nicht völlig wiederhergestellte Gewebe darunter neuerlich zu bluten begann. Hatte ich endlich die nur halb verheilte Wunde freigelegt, packte mich die Angst, schon bald den dünnen roten Strich entdecken zu müssen, der von der Wunde herzwärts führt und die Tod verheißende Blutvergiftung anzeigt, welche unausweichlich die befiel, die der Lockung nicht widerstanden und sich den schützenden Schorf von der Wunde gerissen hatten.

DER GROSSGLOCKNER war der höchste Berg in Österreich, aber der wichtigste Berg der Welt hieß Popocatépetl. Vom Bruder erfuhr ich, dass er in Mexiko stand und oben ein Loch hatte, aus dem es manchmal rauchte. Ich stellte mir vor, wie ich auf den Popocatépetl stieg und mich, oben angekommen, auf den Boden legte, um vorsichtig wie über den Rand eines riesigen Topfes zu lugen, in dessen Tiefe es brodelte und grollte. Und dann packt mich jemand, den ich nicht kommen gehört hatte, an den Knöcheln und schiebt mich langsam über den Rand, schon beginne ich in den Schlund zu rutschen, als ich endlich einen Ton herausbringe und um Hilfe schreie; aus dem Abgrund hallt es so schauerlich wider, dass die jüngere der beiden Schwestern ins Zimmer stürmt, sie wirft mir einen erschrockenen Blick zu, tippt sich dann an die Stirn, und ich wende mich ab, damit sie nicht sehen kann, wie ich mich schäme.

Die hohen Berge, auf die wir vom Fenster des Wohnzimmers blickten, hießen Untersberg und Hoher Staufen, das Bubenzimmer und die Küche lagen zum Gaisberg hin. Der Untersberg war steil und schroff, eine gewaltige Wand, hinter der die Zwerge, Riesen und Fürsten den Kaiser Karl bewachten, der vor langer Zeit eingeschlafen war und nur alle hundert Jahre erwachte. Dann hob er das Haupt, strich sich durch den wieder länger gewordenen Bart und fragte die Getreuen, ob noch immer die Raben um den Untersberg flogen, und sie erwiderten traurig, dass es so war, worauf der Kaiser Karl sein Haupt neuerlich auf den Tisch bettete und einschlief, wieder für hundert Jahre. Eines Tages aber, hatte Diethard, sein Klassenkamerad, dem Bruder erzählt, würden die Raben nicht mehr fliegen und der Kaiser Karl sich aus dem Schlaf erheben und den Berg verlassen, mit allen seinen Recken und mit den Zwergen und den Riesen, und dann würde auch Deutschland wieder erwachen.

Der Staufen weiter rechts war hellblau und fast symmetrisch, er hatte zwei niedere äußere und einen hohen mittleren Zacken. Der Gaisberg hingegen wirkte aus der Ferne weich und rund, in seinen fast flachen Scheitel war eine spitze Stange gesteckt, der Sendemasten, ohne den der Radioapparat im Wohnzimmer nur ein stummer, dunkler Kasten wäre. Die jüngere Schwester, die sich nur selten aus ihren düsteren Betrachtungen reißen ließ, aber eine merkwürdige Passion für Auto- und Motorradrennen hegte, ging jedes Jahr auf den Gaisberg, um sich das Rennen anzusehen, bei dem berühmte Piloten die Bergstraße hinaufrasten und gegen einen Baum oder ein Stück Felsen prallten.

Wir sind nie auf die Berge gegangen, die wir alle Tage vor Augen hatten, und nur von anderen Kindern habe ich gehört, wie es ist, eine Wanderung im Gebirge zu unternehmen. Unsere Eltern waren Flachländer und sagten, die Berge seien am schönsten aus der Ferne, aber auch von da nicht so schön wie die Ebene, aus der sie stammten und die Batschka hieß. Das Land dort war so flach und weit, dass nicht mehr zu erkennen war, wo der Himmel begann und wo das Land endete, im Sommer wurde es in dieser Ebene glühend heiß, die Luft begann zu flirren, ein feiner Staub schien über dem ganzen Land zu verbrennen, und wenn ein Gewitter nahte, konnte man sehen, wie die Blitze unendlich weit entfernt in die Kukuruzfelder niedergingen. Die Landschaft dort war eintönig und gelb und hatte etwas Trauriges, sagte Vater, die Landschaft hier war abwechslungsreich und grün, aber mehr für Leute gemacht, die immer gutgelaunt sein wollten. Wir gingen nicht ins Gebirge, wir streiften auch nicht durch Wälder und über Wiesen, wir machten keine Ausflüge, und wenn die Schwestern berichteten, dass ihre Schulkameradinnen am Wochenende oder im Urlaub mit ihren Eltern wandern waren, haben sich die unseren immer einen Blick zugeworfen, in dem eine spöttische Überlegenheit lag. Wir sind keine Wandervögel, sagte Vater, und Mutter lachte, es klang, als wären sie sich einig, dass alle Leute einen Vogel hatten, die den freien Tag nicht wie wir damit zubrachten, zuhause zu faulenzen oder im verrauchten Café in Zeitschriften zu blättern.

Wir saßen erst beim Sonntagsfrühstück, als draußen die Familie Heilgartner bereits geistlos in die Natur hinausmarschierte, der kräftige Vater in schweren schwarzen Knickerbockern, die in einem Wulst über die Knie hinabfielen, mit einem großen, grünen Rucksack am Rücken, daneben die feste, fröhliche Frau, eine Lehrerin, die unter der knielangen Hose weiße Stutzen trug, und hüpfend und jubilierend voraus die drei Söhne, Diethard, Rüdiger, Waldemar. Die Heilgartner sah man fast an jedem freien Tag zu einem Ausflug aufbrechen, zügig schritten sie zur Busstation am Rand der Siedlung, um hinaus aufs Land zu fahren.

Es war ein strahlender Frühlingstag und Vater hatte eine Idee: »Heute ist doch richtiges Kinowetter, oder? Und am Abend werden wir sehen, ob die *Nazis* immer noch so gutgelaunt sind, wenn sie aus dem Feld zurückkehren.«

ICH HATTE EINEN GROSSVATER, der gestorben, und einen Opa, der tot war. Den Großvater hatte ich nie gesehen, er war in einem *Flüchtlingslager* in Ungarn zugrunde gegangen, als ich mich noch am Milchbrunnen langweilte. Er war schon krank, als er seine kleine Stadt in der Batschka verlassen musste, mit den meisten ihrer Bewohner. Ich stand vor dem dunklen Ölbild, das im Vorzimmer an der Wand hing und einen blattlosen Baum zeigte, an dessen braunem, knorrigem Stamm ein altes Flüchtlingspaar sein Hab und Gut abgestellt und sich zur Rast gebettet hatte, er ein Greis mit kahlem Haupt, die Augen erschöpft geschlossen, sie eine kräftige Frau, die das Kopftuch tief über die Stirn gezogen und die Augen ratlos aufgerissen hatte … Ich stand vor dem Bild und stellte mir vor, wie es war, als aus den *Donauschwaben* Flüchtlinge wurden.

Was ich sah, war eine lange, schwarze Menschenschlange, die über die Landstraße kroch, eine Straße, die vom Regen aufgeweicht war, sodass die Pferdewagen im Morast stecken blieben. Ich wusste, die Straßen in der Batschka waren nicht asphaltiert gewesen, im Sommer wirbelte der Staub auf, wenn man über sie lief, im Herbst und Winter aber wurde ihr Boden weich, tief und schwer. Alle Leute schleppten, gekrümmt vor Anstrengung, große Koffer mit sich, nur Großvater ging aufrecht und trug nichts als seine Briefmarkensammlung unter dem Arm. Wie er im schwarzen Wintermantel in der wogenden Menge schritt, achtete er auf nichts als seine Alben, die Wäsche, das bisschen Geschirr mussten seine Frau, die Großmutter, die ich nie gesehen hatte, und seine Tochter, die Schwester meines

Vaters, die ich nie kennenlernte, tragen. Mein Großvater war Lehrer an der Volksschule von Palanka und Gründer des ersten Abstinenzlerbunds der Stadt gewesen, er hasste Alkohol und die Unordnung, die er hervorrief, wie er die Briefmarken und die Ordnung liebte, in die er mit ihnen die Welt bringen konnte. Ausgerechnet er, der den Alkohol für den Urgrund allen Übels hielt, wurde von der Krankheit der Trunkenbolde heimgesucht und starb an Leberzirrhose, sechs Monate, nachdem er sich mit den Seinen auf den Weg machen musste, im Lazarett eines ungarischen Lagers, in dem die Donauschwaben seines Ortes darauf warteten, sich in alle Welt zu zerstreuen. Vater erzählte nur von ihm, wenn er ein paar Gläser zu viel getrunken hatte, was er gerne tat, wahrscheinlich weil er nicht so früh sterben wollte wie sein Vater, der keine sechzig wurde.

Den anderen Großvater, der tot war unter den Lebenden, nannte ich Opa. Ihn kannte ich, weil er seit der *Vertreibung* in einem bayrischen Dorf lebte, in dem wir ihn regelmäßig besuchten. Er verließ das Haus nicht, und wenn wir eintraten, saß er reglos am Fenster und schaute unverwandt in die Ferne hinaus. Mit ihm war nichts anzufangen, allerhöchstens dass er es duldete, wenn Mutter mich auf sein Knie setzte und ich die Richtung seines Blicks aufnahm und gleich ihm zum Fenster hinausblickte. Dort war nicht viel zu sehen, eine graue Zeile unansehnlicher, gleichförmiger Häuser, alle mit demselben kleinen Garten davor, in dem Ort lebten fast ausschließlich Donauschwaben, die hier an einem Flüsschen namens Alz ihr verlorenes Dorf an der Donau noch einmal aufbauten und sich exakt an die Ordnung hielten, in der sich die Straßen und Häuser *zuhause* befunden hatten. Da gab es die eine Hauptstraße und zwei Parallelstraßen, die alle drei schnurgerade verliefen und von einigen Gassen in rechtem Winkel geschnitten wurden. Opa wohnte in der Hauptstraße, immerhin war er früher der reichste Kaufmann seines Dorfes gewesen. Zupfte ich ihn an seinem stacheligen weißen Schnurrbart, wandte er mir manchmal seinen Blick zu, als wunderte er sich, dass da jemand war, und schaute mit schimmernden Greisenaugen durch mich hindurch. Lass ihn, sagte Oma, die klein und quirlig war und mir unentwegt über die Wangen strich und meinen Namen nannte, lass ihn, der Opa *grüwelt*.

ES WAREN DIE TOTEN TIERE, die mich den Tod erkennen und fürchten lehrten: der Käfer, der auf seinem bläulich gepanzerten Rücken lag und von den Heerscharen der Ameisen sorgsam zerteilt und weggeschleppt wurde, die Maus im Garten, ein zerbissener Klumpen Fleisch, der Vogel, der mit platt gewalztem grauen Gefieder auf der Straße lag … Ich brachte es nie zuwege, ein inniges Verhältnis zu Tieren zu gewinnen: Ich fürchtete sie, wenn sie groß waren und bellen oder fauchen konnten, und ich ekelte mich vor ihnen, wenn sie klein waren wie die braunen Würmer, die sich nach dem Regen über den Gehsteig kringelten, manche verletzt, auf halber Länge ihres dünnen Körpers aufgeschwollen; oder wie die Schnecken, die, von einem einzigen Tritt zerquetscht, zu Schleim wurden, in dem die Splitter ihres zersprungenen Hauses steckten; oder die Gelsen, die ein Pantoffel der Schwestern an die Wand geklatscht hatte, schwarze Flecken mit den roten Sprengseln des Blutes, das sie aus uns gesaugt hatten. Ich fürchtete die Tiere, weil ich sie nicht verstand und nie voraussehen konnte, wie sie sich verhalten würden, und mich ekelte vor ihnen, weil sie sterblich waren, ja, sie waren es, die mir die Sterblichkeit vor Augen führten und den Tod ansichtig machten.

Als Opa ins Krankenhaus kam und ich hörte, wie sich meine Schwestern besprachen, dass er vielleicht sterben musste, lief ich aus der Wohnung, sauste das Treppenhaus hinunter und, so schnell ich konnte, im Garten herum, doch überall, wo ich stehen blieb, wartete der Tod bereits auf mich, ihm war nicht zu entrinnen. Ich sah Opa, der immer denselben fleckigen schwarzen Anzug getragen hatte, wehrlos in ein Bett des Krankenhauses gesteckt, ich fürchtete um ihn und musste mir in einem fort seinen weißen Leib vorstellen, der immer unter dem schwarzen, den Geruch von Moder verströmenden Anzug verborgen gewesen war; und wie ich fürchtete, dass er sterben würde, begann ich mich auch zu ekeln, vor der Sterblichkeit selbst, die mit einem Mal nicht mehr nur über die Tiere verhängt war, sondern auch über Opa und mit ihm über alle Menschen, zu ekeln vor der Sterblichkeit, die aus dem Gras, in dem das tote Getier lag und von seinesgleichen emsig aufgefressen wurde, in unsere Wohnung, in meine Welt trat und diese auf immer veränderte.

VON GOTT WAR MIR natürlich Jesus am liebsten. In der Kirche auf dem Hügel, von der ich aus meinem Zimmer das geschwungene grüne Dach des Turms und das rote des Schiffes sehen konnte, war er überall gegenwärtig: im Hochaltar als Kind auf dem Arm seiner in reinem Gold erstrahlenden Mutter, auf dem Holzkreuz als Mann, mit einer klaffenden Stichwunde in der Seite, und ganz oben im Kirchenschiff auf einem Bild zusammen mit dem Heiligen Geist und dem bärtigen Gottvater. Für diesen sprach, dass er die Welt erschaffen hatte und wir alle nicht wären ohne ihn, ja, dass ohne ihn überhaupt nichts wäre außer nie vergehende finstere, kalte Nacht. Gegen ihn sprach, dass er mit der Welt auch den Tod erschaffen hatte, obwohl er, da er allmächtig war, es auch hätte einrichten können, dass es etwas wie den Tod gar nicht gäbe. Immerhin, man konnte mit ihm verhandeln, und ich versprach ihm oft Dinge, was ihn zu freuen schien, auch wenn ich dann auf sie vergaß oder sie nicht einzuhalten vermochte.

Der Heilige Geist war auf dem Hochaltar in Form von Blitzstrahlen oder von Zacken aus Licht zu sehen, und da er keinen Körper hatte, konnte ich mir unter ihm nichts Rechtes vorstellen, woran auch die roten Zungen, die auf einem Bild über den Aposteln schwebten und ebenfalls den Heiligen Geist darstellten, nichts änderten. In der Volksschule traf ich später auf Arnold, meinen ersten Versucher Gottes, einen bleichen dicken Buben, der mit Gott nicht verhandelte, sondern ihn mit ruchlosen Sprüchen nötigen wollte, sich ihm zu offenbaren, und sei es als strafender Richter. Einmal streckte er unerwartet die Zunge heraus, sodass wir in seinen roten Rachen schauen konnten, und als er den Mund wieder zuklappte, fragte er: Wer bin ich? Und beeilte sich, gleich selbst zu antworten: Der Heilige Geist! Dieser Witz traf mich ins Mark, doch erschütterte er mich nicht nur, weil ich ihn für einen Frevel hielt, sondern auch, weil ich trotzdem lachen musste. Auch Pater Petrus wusste, was es mit dem Heiligen Geist auf sich hatte, nicht so zu erzählen, dass uns aufgegangen wäre, wie wir den Lichtstrahl, die schwebende Zunge achten und lieben lernen konnten. Pater Petrus war ein unförmiger Mann, dessen Rundungen unter dem schwarzen Habit schwabbelten, ich mochte diesen weichen Koloss, weil er so innig vom Leben Jesu erzählte und uns später, als Religionslehrer der Volksschule, als grundgütiger Mann entgegentrat.

Dann aber kam, als wir von der Sonntagsmesse heimwärts gingen, die Stunde, in der ich hörte, was nicht für meine Ohren bestimmt war, nämlich wie Vater und Mutter über die Predigt von Pater Petrus lachten, als würden sie sich über etwas besonders Einfältiges amüsieren, das sie gerade erlebt hatten. In diesem Augenblick, da wir von der Kirche den Hügel abwärtsgingen und ich schon den Kanal sah, der an der Biegung der Straße unter dieser verschwand, hörte ich, wie die Welt mit einem feinen, scharfen Schnitt entzweiriss. Von einer Sekunde zur anderen begreife ich, dass die Eltern an das, was in der Kirche erzählt wird, selbst nicht glauben, und dass sie die heilige Messe in Wahrheit für ein Theater halten, das sie der Kinder wegen besuchen. Ich weiß nicht, was mich mehr empört, dass sie den Glauben verloren haben oder dass sie gar nicht daran denken, mich in ihr Wissen um Gott und seine Priester einzuweihen.

ICH HATTE EINE GROSSMUTTER, die unsichtbar hinter dem *Eisernen Vorhang* verborgen war, und eine Oma, die mit trippelnden Schritten wie aus dem Nichts auftauchte, sobald Mutter krank war. Ich versuchte mir oft vorzustellen, wie dieser Vorhang aussah, ob er Falten aus Eisen warf, so wie der ockergelbe Vorhang im Wohnzimmer in Falten aus schwerem Samt herniederfiel. Aber der Eiserne Vorhang hieß nur so und war nirgendwo auf einem großen, kahlen Feld zugezogen worden; trotzdem konnte, wer jenseits von ihm lebte, nicht mit denen in Verbindung treten, die auf dieser Seite wohnten.

Großmutter war mit Großvater, der nur seine Briefmarken liebte, in dem Flüchtlingslager in Ungarn gestrandet, in dem er den Trinkertod starb. Weil sie ihre Tochter liebte, zog sie von dort nicht in den *Westen* weiter, wie es mit meinem Vater ausgemacht war, sondern in eine Stadt namens Budapest, denn dort wartete ein Mann auf die Tochter, den diese heftig liebte und der heftig begehrte, von ihr geliebt zu werden. Und so kam es, dass die Familie nicht im Westen wieder vereint wurde, sondern meine Großmutter und meine Tante jenseits eines Vorhangs blieben, den es gar nicht gab und der sie uns trotzdem für immer entzog. Der östliche und der westliche Familienzweig blühten künftig jeder für sich, ohne Verbindung, denn der Ungar der Liebe war ein berühmter *Kommunist*, der darauf achtete, keine deutschvölkischen Verwandten im kapitalistischen Ausland zu haben.

Während die Großmutter in den Legenden verschwand, sorgte Oma in Garching, dem Dorf, das mit seinen schnurgeraden Straßen, seinem Staub, seiner Langeweile von der Donau an die Alz übersiedelt worden war, für den Opa, den sie morgens an das Fenster setzte und abends ins Bett schickte, damit er Tag und Nacht ungestört von seinem Geschäft in der Batschka träumen konnte. Sie ließ ihn nur allein, wenn sie ein paar Tage bei uns verbringen, auf mich aufpassen und für die Geschwister kochen musste. Sie liebte uns, darum weinte sie, wenn sie uns begrüßte und sich von uns verabschiedete, aber es gefiel ihr nicht bei uns. Sie fürchtete den Lift und ächzte die Treppen zu Fuß hinauf, es schwindelte sie, wenn sie aus dem Fenster im vierten Stock auf die Berge ringsum schaute, und dass wir das Klosett in der Wohnung hatten, hielt sie für unhygienisch, der Abtritt gehörte in den Garten oder wenigstens ins Stiegenhaus. Oma war zierlich und ging fast nur in Schwarz, in ihrem Alter geziemte es sich nicht mehr, helle Kleider zu tragen, und manchmal kam sie in bodenlanger Tracht, unter der sie mehrere Schichten von Unterröcken angelegt hatte, die das Kleid lustig bauschten. Dann sah sie aus wie eines jener alten *Kittelweiber*, die uns in der Stadt über den Weg liefen, in ausladenden Röcken, mit dunklen Kopftüchern, die Taschen für den Verkauf auf dem Markt prall mit Zwiebeln, Gurken, Bohnen oder mit Blumen gefüllt, und über deren seltsames Aussehen der Bruder und ich lachten, bis Vater einmal sagte: »Das sind doch *unsere Leute*.«

Wir hatten nicht das Gefühl, dass das unsere Leute waren, aber es war jedenfalls unsere Oma, die uns der Reihe nach mit ihren gefürchteten nassen Küssen am Hals und im Genick begrüßte und beständig unsere Namen wiederholte. Sie hatte eine weiche, weiße Haut, huschte von da nach dort, sprach schnell und viel und streichelte dabei über das Gesicht des Kindes, das ihr gerade am nächsten stand, und doch war immer etwas Schweres und Schwermütiges, eine uns traurig machende Traurigkeit um sie. Auf dem Ort, in dem sie lebte, schien ein Verhängnis zu lasten, sodass wir Enkelkinder uns nie frohgemut aufmachten, wenn wir sie besuchten. Der Zug, den wir am Hauptbahnhof bestiegen, hieß Triebwagen, wie der E-Zug von Elektrik und die Dampflokomotive von Dampf angetrieben wurden, musste der Triebwagen von der Kraft gewaltiger Triebe zum Fahren gebracht worden sein. Alle paar Minuten hielt er, und die Stationen hatten diese gleichförmigen bayrischen Namen, sodass ich nie wusste, wie weit wir schon waren, Freilassing, Kirchanschöring, Fridolfing, Tittmoning, Tüssling …

In Garching überquerten wir den Bahnhof über eine Brücke aus grünem Gestänge und Holzbalken, zwischen denen man auf die rostigen Gleise sah, gingen den Wald entlang und bogen beim Geschäft des Fleischhauers Filippi, der uns auf dem Rückweg die donauschwäbischen Bratwürste für die nächsten Monate mitgab, nach links in die staubige Hauptstraße ein, in der alle Häuser gleich aussahen und in jedem Garten die gleichen Gemüsestauden wuchsen. Kaum dass wir bei Opa und Oma in ihrem kleinen, engen Häuschen angekommen waren, wurden wir schon wieder hinausgedrängt, denn die Enkelkinder herzuzeigen, war Omas größter Stolz. Die Schwestern hassten diese Parade durch das Dorf, der Bruder trottete auf seine Weise mit, ohne innere Beteiligung am Geschehen zu verraten, nur ich hoffte, die Leute würden auf kolossale Auftritte von mir warten, und war dann enttäuscht, dass sich in diesem wie in Ereignislosigkeit erstorbenen Ort keine Gelegenheit dafür fand.

Vier Häuser weiter wohnte Joachim, der Sohn von Jakob Janko, der *unten* in der *alten Heimat* Schuster gewesen war und es hier als Fabrikarbeiter bereits zu einem eigenen Auto gebracht hatte. Joachim war so alt wie die ältere meiner Schwestern, saß den ganzen Tag vor dem Haus auf der Gartenbank und gab ein erschreckendes Grunzen der Freude von sich, wenn er jemanden entdeckte, den er begrüßen konnte und umarmen wollte. Oma sagte, er wäre ein »Kreting«, aber könne nichts dafür, deswegen sollten wir nett zu ihm sein, auch Jakob Janko und seine Frau konnten nichts dafür, überhaupt war es angebracht, nett zu allen Leuten zu sein, weil niemand etwas dafürkonnte.

Wenn wir abends wieder nachhause fuhren, lauschte ich, erschöpft vom Dorf und seiner streng geordneten Eintönigkeit, den Zeitungsgeschichten, die sich die Schwestern von aus dem Gefängnis geflüchteten Triebtätern erzählten, und wurde traurig, dass Opa und Oma ihr Leben wie eine Strafe absitzen mussten, und zugleich missmutig, sie bald wieder in ihrem Gefängnis besuchen zu müssen. Mir wäre es recht gewesen, der ganze Ort, in dem ich lernte, die Schrecken der Langeweile auszumessen, würde hinter dem Eisernen Vorhang verschwinden, unerreichbar werden, unsichtbar.

ICH TRÄUMTE OFT VON DEM DICKEN MANN, der auf dem Dach stand, bis ich den dünnen Mann sah, der durch die Luft ging. Als die jüngere Schwester berichtete, was sie in der Stadt gesehen hatte, leuchteten ihre Augen vor triumphierender Verzweiflung. Ein dicker Mann war auf dem Dach des berühmten Hotels mit kleinen Schritten immer näher an den Rand getreten, und obwohl er gleich in seinen Tod springen würde, hatte er geradezu vorsichtig über ihn hinabgelugt. Ein Selbstmörder, auf den die halbe Stadt schaute, denn das Dach war sogar vom Kai auf der anderen Seite des Flusses zu sehen, das war eine Sensation, am nächsten Tag würden die Zeitungen davon berichten. Aber unbegreiflich blieb es trotzdem, wie sich jemand in die Tiefe stürzen, sein Leben beenden konnte, wenn ihn so viele dabei beobachteten. Zum Sterben versteckte man sich doch, wie Fluschi, die Katze der dicken Doris, die im Garten unter einen Strauch gekrochen war; Doris, die fünf, sechs Jahre älter war als ich und stärker als die meisten Buben, saß davor und hielt zwei Tage lang Wache, nur wer sich still verhielt und ehrfürchtig, durfte sich neben sie legen und der Katze eine Weile beim Sterben zusehen.

Die jüngere Schwester, die in der Stadt gewesen war, erzählte, wie rasch sich vor dem Hotel, am Kai, auf der Brücke Trauben von Menschen gebildet hatten, die mit den Fingern nach oben, auf das Dach zeigten, wo der dicke Mann sich noch ein bisschen weiter an den Abgrund schob und wirkte, als würde er jetzt, so knapp vor dem Ziel, nur ja nicht aus Unachtsamkeit stolpern wollen. Alle hatten auf ihn gestarrt, der dort in einem dunklen Regenmantel stand und auch angesichts der versammelten Zuseher nicht von seinem Plan ließ, schweigend standen die Leute unten, und erst als er sprang, kurz nachdem ein Polizist auf den Balkon des obersten Stockwerks herausgetreten war und auf den Mann schräg über sich einzureden begonnen hatte, schrien sie alle auf, und im selben Augenblick, sagte die Schwester, habe sie die Augen geschlossen. Die Mutter warf ihr den Besorgtheitsblick zu, die Welt lauerte voller Gefahren, und der Selbstmord gehörte zu ihnen. Kaum war die Rede von ihm, warnte uns Mutter schon, als handle es sich beim Selbstmord um einen Irrtum, dem wir leicht erliegen konnten. Es wäre dumm, sagte sie, sich umzubringen, denn wie düster einem das Leben auch vorkommen möge, immer würden wieder lichtere Tage folgen, und was einem heute aussichtslos erscheine, sei morgen schon gar nicht mehr wichtig, darum war es ein schwerer Fehler, sein Leben aus Ungeduld zu beenden, nur weil man die schöneren Tage nicht mehr erwarten konnte.

Ich musste oft an den dicken Mann auf dem Dach denken, doch dann sah ich den dünnen Mann in der Luft gehen. Vom Turm der Maxglaner Kirche zum Dach der Feuerwehr war ein Seil gespannt, auf dem der Seiltänzer in weißer Hose und weißem Hemd balancierte. Er hatte eine lange weiße Stange in seinen Händen, ging langsam, manchmal in den Knien sich wiegend dem höheren Kirchturm zu, das Seil war gegen den Abendhimmel gut zu erkennen und schaukelte sachte. Die Leute hielten die Luft an, zeigten einander mit den Fingern, was sie ohnedies alle hoch über ihren Köpfen sahen, den italienischen Artisten, und unten gingen, als er mit ein paar raschen Schritten das Ziel erreicht hatte, zwei schöne dunkle Frauen, eine alte und eine junge, und ein paar stolze Kinder, die alle ganz in

Weiß gekleidet waren, unter den Zuschauern herum und sammelten Geld ein, das sie reichlich erhielten.

Herr Dobrovolny fragte auf dem Nachhauseweg, ob das nichts für uns wäre, leicht verdientes Geld und dazu noch Applaus und Bewunderung. Aber Mutter und Frau Dobrovolny antworteten prompt, als würden sie befürchten, einer von uns könnte womöglich gerade in diesem Moment den verhängnisvollen Entschluss fassen, Seiltänzer zu werden, dass das viel zu gefährlich sei und immer wieder welche abstürzten und ihre Kinder im Elend zurückließen.

WURDE ICH VON DEN MEINEN GEKRÄNKT, schlich ich mich aus der Wohnung, ging die paar Schritte zur gegenüberliegenden Tür und läutete beim Ehepaar Dobrovolny. Für all die Tricks, die bei uns nicht mehr wirkten, fand ich hier zwei geduldige Abnehmer, die mit Worten der Bewunderung nicht sparten. Zuverlässig riefen die Lügengeschichten, mit denen ich meine eigenen Wahrheiten erprobte, bei ihnen jenes Erstaunen hervor, das ich für den wahren Lohn jedes Erzählens hielt. Herr Dobrovolny war ein eleganter älterer Herr, der das Haus nur im Anzug und mit Krawatte verließ, aber dennoch den Eindruck eines Mannes machte, der es gerne gemütlich hatte. Er ging um acht Uhr aus dem Haus, kehrte um zwölf zum Mittagessen zurück, begab sich kurz vor vierzehn Uhr wieder in sein Büro, von dem er nicht viel später als um fünf Uhr abends heimkam. Schaute ich mittags aus dem Fenster, sah ich sie aus allen Richtungen herbeiströmen, die Angestellten, Beamten, Handwerker, die in Büros und Sparkassen, in Geschäften und Läden arbeiteten und das Mittagessen auch unter der Woche stets zuhause einnahmen.

Herr Dobrovolny stammte aus Wien, was er gerne betonte, sein Idol war der Kabarettist Karl Farkas, den er für den witzigsten Österreicher hielt, und ähnlich wie dieser begann er seine Plaudereien meistens mit dem Satz: »No, pass' auf, ich werd dir was erzählen.« Er hatte was gegen Nazis, für die er abwechselnd auch das Wort *Piefke* gebrauchte, es gab keinen Nazi, der kein Piefke, und fast keinen Piefke, der kein Nazi gewesen wäre, und er hatte auch was gegen die Kommunisten, die die Länder hinter dem Eisernen Vorhang unterdrückten. Nur wenn es um die Piefke, also um die Nazis, oder um die Kommunisten, also um den Eisernen Vorhang, ging, regte sich Herr Dobrovolny auf, dann bekam er, der sonst versonnen zu lächeln pflegte, einen roten Kopf, und seine weiche Stimme, in der er in wienerisch gefärbter Sprechweise mit Vorliebe von amüsanten Dingen sprach, wurde scharf.

Das Wohnzimmer der Dobrovolny hatte einen anderen Geruch als das unsere, und das kam vom Fernseher. Der voluminöse Kasten mit dem ovalen Bildschirm stand auf der Kredenz, und wurde er eingeschaltet, gab er ein leises Knirschen von sich, worauf sich die dunkle Scheibe nach einigen Sekunden erhellte und ein neuer Stoß des Fernsehgeruchs durch den Raum drang. Hier durfte ich zum ersten Mal fernsehen, die Übertragung eines Länderspiels der österreichischen Fußballnationalmannschaft, bei der das halbe Haus im Wohnzimmer der Dobrovolny versammelt war. Vater und Herr Dobrovolny waren sich einig, dass entsetzlich gehässig und faul gespielt wurde, wobei der Gastgeber das Wort auf Englisch als »fuul« aussprach, was danach eine Zeitlang Mode wurde in der Gegend. »Fuuul« riefen wir auf der Wiese, wenn sich ein Mitspieler des Balls mit unfairen Mitteln bemächtigt hatte, und tat er sich besonders darin hervor, statt auf den Ball gegen die Knöchel der Gegenspieler zu treten, galt er künftig als »fuule Sau«.

Die Dobrovolny waren die einzigen Leute im Haus, mit denen die Eltern per du waren, und Mutter und Frau Dobrovolny unternahmen öfter etwas gemeinsam. Sie war fünfzehn Jahre jünger als ihr Mann, eine sportliche, blonde Frau aus einer Gemeinde im Salzburger Gebirge, auf die der redselige Charme ihres Mannes seine Wirkung über die Jahre nicht verlor. Ihr erwachsener Sohn lebte seit einiger Zeit in einer anderen Stadt, und wenn den Dobrovolny in ihrem Talent zur Zufriedenheit, das ihnen Vater rätselhafter Weise nicht übelnahm, etwas abging, dann waren es weitere Kinder, auf die sie lange gehofft hatten, die aber nie gekommen waren. Dafür kam ich und schlug mein Rad, und was immer mir einfiel, um mich ihnen zu präsentieren, ihre Anerkennung war mir sicher. Manchmal nahm Frau Dobrovolny mich in den Arm, und dann schaute sie mich mit blaugrauen Augen so innig an, dass ich vor Behagen schnurrte. Sollten die Eltern sterben, dachte ich mir, würde ich mich sicher für die Dobrovolnys entscheiden.

ICH WAR EIN BRAVES KIND, das unverdrossen verlangte, schlimm sein zu dürfen. Es war mir verboten, mich auf den Baum im Garten heben zu lassen, er war mir erst für den Tag versprochen, an dem ich imstande sein würde, aus eigener Kraft den Stamm zwei Meter hinauf bis zu der Stelle zu klettern, an der sich seine Äste gabelten und herrliche Plätze zum Sitzen boten. Das Verbotene wollte ich mir weder insgeheim aneignen, noch mir die Freiheit wie selbstverständlich nehmen, was ich suchte, war vielmehr der Beifall, den mir die öffentliche Übertretung eintragen würde. Ich war ein braves Kind, das es nicht verlockte, im Geheimen gegen Gesetze zu verstoßen, aber immer die Lust verspürte, es öffentlich zu tun.

Zwei Meter über mir saß Hugo im Baum, der Bursche, den die Gleichaltrigen, wenn sie über ihn sprachen und kein Erwachsener dabei war, den »Warmen« nannten. Er schien sich damit abgefunden zu haben, nur manchmal lief er einem Peiniger nach und drosch ihm, wenn er ihn einholte, so wuchtig auf den Rücken, dass dieser zu Boden stürzte und röchelnd nach Luft schnappte. »Warmer« war ein Wort, das die Älteren verschwörerisch gebrauchten und das wir Jüngeren mit merkwürdiger Scham und Beklemmung vernahmen; wir wussten nicht, was es bedeutete, und wussten es doch, es war uns nicht recht, es nicht zu wissen, und es war uns nicht recht, es doch zu wissen. In der fleckigen blauen Turnhose, die er den ganzen Sommer trug, hatte Hugo die Beine auf einem fast waagrechten Ast ausgestreckt, als er mit rauher Stimme zu erzählen begann: »Es war einmal ein Mann, der hatte zwei Söhne. Der ältere hieß

Hose, der jüngere Zipfel. Wie der Mann zum Baum kommt und sieht, dass der ältere auf dem Baum droben, der jüngere aber drunten ist, ruft er: Hose herunter, Zipfel hinauf.« Ich begriff, dass das ein Witz, aber nicht nur ein Witz war, und begann sicherheitshalber zu lachen, auch wenn mich das, was an dem Witz kein Witz war, unangenehm berührte. Da landete Hugo schon neben mir, mit einer Drehung hatte er sich fallen lassen, einen Ast umklammert und heruntergeschwungen. Er trat hinter mich, ich spürte den festen Griff seiner Hände an meinen Hüften – und schon war ich auf dem Baum, den ich bisher nur von unten bestaunt hatte. Es gefällt mir sofort da oben, und ich bin stolz, mich so rasch beim Klettern zurechtzufinden, darum rufe ich, damit man mich bestaune und meine Sünde nicht unbemerkt bleibe, so laut es geht: Hose runter, Zipfel rauf, und Frau Bichler, die es hörte, verständigte auch sofort meine Mutter.

ER WAR MEIN FEIND VON ANBEGINN, wir fürchteten und suchten einander. Heinrich war groß und unbeweglich, ich klein und flink, er verfügte über körperliche Kräfte, ich über ein freches Mundwerk. Stundenlang spielten wir einträchtig auf der Wiese, dann fielen wir urplötzlich übereinander her, nein, es war immer Heinrich, der sich auf mich stürzte, immer ich, der ihn bis zur Weißglut reizte. Rasch rang er mich nieder, drückte meine Schultern auf den Boden, presste meine Oberarme auf die Seite, sodass er auf ihren Muskeln reiten konnte, und rief keuchend: »Gib auf, gib auf!« Dieses Eingeständnis der Niederlage entkam mir selten, auch wenn der Schmerz kaum auszuhalten war. Wenn er es nicht fertigbrachte, mich zur Aufgabe zu nötigen, sprang Heinrich auf und lief weinend, weinend über sich und seine Grausamkeit und weinend über mich und meine Grausamkeit, nachhause; dort wartete seine hünenhafte Mutter darauf, ihn in die Arme zu schließen und den Schluchzenden zu ermahnen, sich doch nicht von »dem Giftzwerg« aus der Ruhe bringen zu lassen.

Ich stehe auf, die tauben Arme, in denen der Schmerz pochend wieder erwacht, fest vor dem Brustkorb verschränkt, und blicke dem Sieger nach, der das Feld geräumt hat. Ich weiß jetzt, dass ich die Macht besitze, jene, die mir Übles wollen, unglücklich zu machen.

EINEN FRIEDFERTIGEN GAB ES, und der hieß Meinrad. Er war der Größte unter den Gefährten, nachsichtig und stark, und was er nicht ertrug, waren Zank und Hader. Stritten die Freunde, nicht mit ihm, denn das ging nicht, sondern untereinander, begann er beschwichtigend auf sie einzureden, und wenn sie nicht auf ihn hörten, sprach er aufgeregt immer schneller und geriet endlich ins Stammeln. Das aber hielt er tapfer aus, bis er, unerschütterlich dabei, kein Zerwürfnis zuzulassen, wenigstens einen befristeten Frieden erreicht hatte. Am Streit, der mit kleinen Sticheleien begann und mit Ohrfeigen, Faustschlägen, Aus- und Anspucken endete, schien ausgerechnet er, den niemand beleidigen und mit dem sich keiner prügeln wollte, als Einziger zu leiden, und doch machte er sich nie davon, sondern harrte aus im Getümmel, ein Wehrturm der Sanftmut.

Meinrad war der einzige Freund, dessen Eltern geschieden waren, und weil die Mutter, eine ihrerseits gutmütige Frau, noch einmal geheiratet hatte, besaß er zwei Väter. Dieser Besitzstand war faszinierend und erschreckend, ich fragte mich, wie es war, wenn man sich dauernd zu entscheiden hatte, welchen Vater man gerade bevorzugen wollte. Vom zweiten Vater, den er Daddy nannte, einem schlanken Beamten mit schlenkerndem Gang, wusste ich, dass er es als Buddhist mit einer edlen, aber ungesunden Religion hielt. Im Nonstop-Kino hatte ich gesehen, dass die Inder mit tief in den Höhlen glänzenden Augen vor Hunger umfielen, weil sie kein Fleisch essen durften, ihre Kühe aber hochmütig inmitten des städtischen Verkehrs zwischen Bussen, Autos und Fußgängern trotteten, weil niemand sie anzurühren wagte. Buddhisten glaubten, dass jeder schon oft gelebt hatte und noch oft leben würde, aber nicht als der, der er war, sondern als irgendein Getier oder fremder Mensch. Was sollte das für eine Wiedergeburt sein, bei der ich noch viele Male als schleimiger Regenwurm oder als warmer Hugo geboren würde! Genau betrachtet, schaute Meinrads freundlicher Daddy manchmal ein bisschen traurig drein, als würde die Aussicht auf Wiedergeburt auch ihn nicht glücklich machen, seine Lider waren schwer und seine Stimme klang müde und leise.

Meinrads erster Vater, dem er wie aus dem Gesicht geschnitten war, hieß ebenfalls Meinrad und war ein berühmter Mann. Wurden im Radio Konzerte der Salzburger Festspiele übertragen, war als Erstes ein langer geografischer Vorspann zu hören. Eine Stimme, die die Fremdheit der fremden Namen zu betonen schien, zählte auf, welche Rundfunkstationen die Übertragung übernehmen würden: Angeschlossen sind der Finnische Rundfunk Helsinki, der Schwedische Rundfunk Radio Stockholm, British Broadcasting Corporation London, Radio-Télévision Paris, der Bayerische Rundfunk, der Hessische Rundfunk, der Saarländische Rundfunk, der Norddeutsche Rundfunk, Sender Freies Berlin, Radio Beromünster, und so ging es Minuten dahin. Die Litanei fremder Orte und Länder war der spannendste Teil der Übertragung, und als alle Stationen aufgezählt waren und aus dem Hintergrund der Applaus des Publikums im Festspielhaus zugespielt wurde, folgte die Schlussformel, auf die ich gewartet hatte: »Ton und Technik – Ingenieur Meinrad Lettig.«

Wir sollten auch einmal zu den Festspielen gehen, sagte Mutter. – Warum, sagte Vater, damit ich im Anzug unter lauter Schwerhörigen sitzen muss? – Es sind nicht alle schwerhörig, bloß weil sie Geld haben, sagte Mutter. – Umso schlimmer. Wenn sie geldgierig wären, weil sie taub sind, könnte man sie noch verstehen. – Nur weil es Leute gibt, die ihren Familien ein gutes Leben bieten möchten, soll ich mein Leben lang Konzerte immer nur im Radio hören?

Kurz darauf setzten sie ihr Gespräch auf Serbokroatisch fort, und in der Woche, die folgte, haben sie es überhaupt ohne Worte geführt.

ICH WUCHS UNTER GENERÄLEN AUF, und über meine Straßen wachten Feldmarschälle. Guntram, semmelblond, mager und zäh, war etwas älter als ich und wohnte gleich ums Eck in der schmalen Danklstraße, benannt nach General Viktor Dankl, dem Sieger von Kraśnik 1914. Hatte ich ihn mit dem Roten Blitz abgeholt, fuhren wir auf den Tretrollern die Danklstraße dreißig Meter weiter und bogen nach rechts in die Tegetthoffstraße ein, benannt nach Admiral Wilhelm von Tegetthoff, dem Sieger in der Seeschlacht von Lissa. Dort holten wir Peter ab, der das Haus oft über das Fenster im Parterre verlassen musste, weil sein Vater ihn regelmäßig zu Hausarrest verdonnerte und die Wohnung von außen versperrte, wenn er mit Peters Mutter ins Geschäft, einen kleinen Elektroladen, ging. Eine solche Strafe war bei uns undenkbar, weil Mutter Hausarrest für grausam und ungesund und außerdem, da wir im vierten Stock wohnten, für gefährlich hielt. In militärischer Formation fuhren wir dann zu dritt die Tegetthoffstraße zurück, die Danklstraße in der Gegenrichtung hinauf und, nachdem wir bei unserem Haus vorbeigekommen waren, in die schräg versetzte Großadmiral-Haus-Straße hinein, benannt nach Anton von Haus, der 1917 mit seinem Schlachtschiff Viribus Unitis ins kalte Wellengrab hinabgesaust war. Hier wohnte Werner in der Dachwohnung eines Hauses, das von mächtigen Birken in immerwährenden Schatten getaucht war und überhaupt etwas Düsteres hatte, war hier doch ein rabiater Säufer zuhause, der manchmal am helllichten Tag schimpfend durch die Siedlung zog. Die Großadmiral-Haus-Straße, eine kurze Sackgasse, endete an einer Treppe, über die wir, wenn wir die Tretroller schulterten, vierzehn Stufen tiefer in die Hötzendorfstraße gelangten, benannt nach Feldmarschall Conrad von Hötzendorf, Leiter des österreichischen Generalstabs im Ersten Weltkrieg. Hier begann das Feindesland, denn in der Conrad-von-Hötzendorfstraße und in der benachbarten Böhm-Ermolli-Straße, benannt nach Feldmarschall Eduard Böhm-Ermolli, dem Eroberer von Odessa 1918, wohnten Stänkerer, die sich nicht mehr unserem Viertel zugehörig fühlten und uns, wenn wir in ihr Revier vorgedrungen waren, als »Muttersöhnchen vom Aiglhof« beschimpften.

Durch das ganze Viertel schnitt eine zentrale Straße, an der sich auf halber Länge unser Haus erhob, das mit seinen sechs Stockwerken als das *Hochhaus* vom Aiglhof galt. Um diesen Boulevard und die von ihm wegführenden Straßen, zu denen noch die Auffenbergstraße gehörte, General Moritz von Auffenberg, der Sieger von Komerow 1914, waren vier Höfe gruppiert. Einer von ihnen war von Häusern umschlossen, die festungsgleich aneinandergebaut waren, und konnte nur durch einen mächtigen Torbogen betreten werden, in die drei anderen führten zwischen den Häusern schmale Zufahrten und Kieswege hinein. In diesen Höfen hatten verschiedene Banden das Sagen, zwischen denen aber nicht nur Streit und Feindschaft, sondern auch ein unaufhörlicher Austausch herrschte, sodass es nichts Besonderes war, wenn ich mich die eine Woche mehr in diesem, die andere in jenem Hof aufhielt. Die ganze Siedlung mit ihren vier Höfen war zu Beginn des Zweiten Weltkriegs errichtet worden, um für die aus Italien ausgesiedelten *Südtiroler* Wohnraum zu schaffen, und unsere, die wichtigste Straße verdankte ihren Namen dem vielbesungenen Sieger auf den italienischen Schlachtfeldern von Custoza, Mortara und

Novara, General Joseph Wenzel von Radetzky. Lauter Sieger, sagte Vater, und trotzdem hat Österreich den Krieg verloren.

DER MANN MIT DEM FUSS AUS HOLZ hatte ein schwarzes, schweres Rad, das man nur mit einem Bein treten konnte, auf der linken Seite blieb das Pedal in unterer Stellung fixiert. Darauf ruhte steif und unbeweglich der Fuß, von dem manchmal, wenn das Hosenbein ein wenig hochrutschte, ein helles Holzstück sichtbar wurde. Viele Leute der Gegend schleppten einen versehrten Körper die Straße entlang, sie humpelten mühsam voran, oder ihr Gang hatte etwas von einem Hüpfen an sich, sodass ich, wenn ich ihnen nachblickte, den Umriss der Figur noch lange an deren regelmäßigem Auf und Ab ausmachen konnte. Einem fehlte der Fuß oder das ganze Bein, er ging mit Krücken, und seine Hose war auf der Seite, wo etwas fehlte, mit einer Schlappe hochgebunden, ein anderer bewegte sich auf zwei Beinen, von denen eines steif war und am Knie nicht abgebogen werden konnte, sodass er seinen Körper in einem ausgleichenden Schlenkern halten musste. Hier fehlte ein Arm, da hatte die Hand zu wenige Finger und dort war etwas mit dem Gesicht nicht in Ordnung, die rechte Wange verbrannt, das halbe Ohr weggeschmolzen, oder auf der Stirn war eine große Delle, eingebuchtet von einem Kopfschuss.

Der Herr Lindinger in unserem Haus hatte einen Pferdefuß, der in einem hohen, steinhart wirkenden Klumpschuh steckte, und oft dachte ich, es wäre der Schuh, der ihn schmerzte. Er gehörte zu den freundlichen Erwachsenen des Hauses und beschwerte sich nie über den Lärm, den wir Kinder verursachten. Herr Dobrovolny hatte Vater aber erzählt, dass er Herrn Lindinger einmal im »Laterndl«, dem von den Frauen gefürchteten Lokal, in dem sich alle Männer, die keine Waschlappen waren, nach dem Monatsersten betrinken mussten, getroffen und dieser ihm lallend gestanden habe, dass er niemals wieder nach Italien reisen könne; wenn die in Italien ihn erwischten, müsste sich das Hotel, in dem er arbeitete, nämlich einen neuen Portier suchen.

Der Mann mit dem Holzfuß hieß Vergeiner, stammte aus Südtirol und wohnte am unteren Ende der Straße. Man sah ihn oft auf seinem Rad, fest trat er ins Pedal, weil er immer in Eile war, dabei arbeitete er gar nicht, obwohl er in einem Büro auch ohne zweites Bein hätte arbeiten können. Aber Herr Vergeiner zog es vor, seine Frau arbeiten zu schicken, obwohl sie drei Kinder hatten und von zehn Frauen der Gegend höchstens eine berufstätig war, als Krankenschwester oder Sekretärin, und am späten Nachmittag trippelte sie von der Arbeit heimwärts, weil sie noch kochen und den Haushalt besorgen musste. Er war als Sammler von Mineralien berühmt und Mitglied im Verein heimattreuer Mineralogen, man erzählte sich von seiner Sammlung und seinem Kenntnisreichtum die tollsten Dinge, sogar dass er, dessen Kinder immer ärmlich gekleidet waren, dank seiner Erze und Quarze ein Vermögen besaß, aber eher hätte er seine Frau auch nachts arbeiten und seine Kinder in Lumpen in die Schule gehen lassen, als dass er seine Steine verkauft hätte, getauscht ja, aber nicht verkauft.

In der Siedlung grüßten sich fast alle Leute, und ich habe wohl von fünfzig, sechzig Erwachsenen den Namen gekannt. Grüßte ich den Herrn Vergeiner, einen Mann mit zwei tief gekerbten Längsfurchen im kantigen Gesicht, mit seinem Namen, hob er auf dem Rad unmerklich den Kopf und knurrte, wenn er vorüberfuhr: »Grüße dich, du tapferer Gebirgsjäger.«

OBWOHL ER BLIND WAR, fuhr er Fahrrad, er saß hinter seiner drahtigen Frau auf dem Tandem und grimassierte dabei freundlich von der Höhe seines Sitzes nach allen Seiten. Herr Kogler, ein Kopfschüssler, der vier Häuser entfernt von dem unseren wohnte, war ein großer, massiger Mann mit farblosen Haaren und einer schwarzen, an der Seite beim Bügel geschlossenen Brille, die er niemals abnahm. Er war nicht der einzige Blinde, den ich kannte, ein zweiter stand bei der Ampel, die im Zentrum der Stadt auf die Staatsbrücke führte. Diesem Blinden aber fehlten, anders als Herrn Kogler aus der Siedlung, zudem beide Beine, sodass er auf seinen Kniestümpfen stand, um die dicke Lederkappen geschlagen waren.

Herr Kogler arbeitete als Masseur, der Mann an der Brücke als Losverkäufer, alle paar Sekunden rief er mit lauter Stimme, dass er Lottoscheine zu verkaufen habe, von denen er ein Büschel in der einen Hand hochhielt, während die andere auf der schwarzen Tasche lag, die er umgehängt hatte und in der wie bei den Busschaffnern die verschiedenen Münzen in schmalen blechernen Röhren steckten. Als ich ihn das erste Mal rufen hörte, erschrak ich, ich war überzeugt gewesen, dass er, weil er blind war, auch stumm sein müsste, doch seine Stimme war kräftig und klang, wenn sie in die Finsternis hinausrief, zu der die Welt für ihn geworden sein musste, geradezu freundlich. Waren wir auf dem Weg ins Nonstop-Kino, kaufte Vater manchmal einen Schein, den er gleich wegwarf, und sprach ein paar Worte mit ihm, der nicht verbittert darüber wirkte, dass er im Krieg beide Beine und das Augenlicht eingebüßt hatte und jetzt an dieser zugigen Stelle stehen musste, auf den Stümpfen seiner Beine und ohne zu sehen, wer ihm ein paar Lottoscheine abnahm.

Herr Kogler aber, erzählte mir Meinrad, der es von seiner Mutter wusste, hatte sein Augenlicht gar nicht im Krieg eingebüßt, sondern bereits vorher, als er sich, unglücklich verliebt, zu erschießen versuchte und die Kugel in seinem Schädel stecken blieb. Damals erbarmte sich seiner die Krankenschwester, die ihn pflegte, sie hat ihn geheiratet, als er bereits blind war, sie kannte ihn gar nicht anders, und so fand er doch noch die Liebe seines Lebens und lernte sogar das Glück des Tandemfahrens kennen. Ich wäre gerne einmal auf dem Tandem gesessen und mit Frau Kogler um die Siedlung herumgefahren. Es kam mir trotzdem traurig vor, dass einer sich umbringen wollte und blind wurde, wenn ein paar Jahre später ohnedies so viele starben oder blind wurden, aber die ältere Schwester sagte, blöd ist es sowieso und Krieg oder Liebe: blind ist blind. Dabei lachte sie fast unhörbar auf, und Mutter sagte: Mein Gott, musst du immer so zynisch sein.

DIE BUSSE WAREN MIT BUCHSTABEN gekennzeichnet, und einige hatten zwei lange Stäbe, die vom Dach zu den Oberleitungen führten, die vier, fünf Meter über der Straße durch die halbe Stadt zogen. Der A-Wagen fuhr am Rand unserer Siedlung vorbei, er kam von weit draußen und fuhr nach weit draußen, wenn wir ihn bestiegen, um ins Nonstop-Kino zu fahren, hatten manchmal schon die *Bauern* aus der Vorstadt Liefering alle Plätze belegt, dann mussten wir stehen und fünf Stationen zählen, bis wir im Stadtzentrum angelangt waren. Der E-Wagen, den wir nehmen mussten, wenn wir ins Volksgartenbad wollten, kam aus dem gefährlichen Stadtteil Lehen, war oft schon von den *Arbeitern* in Beschlag genommen und fuhr quer durch die ganze Stadt an deren anderes Ende, nach Parsch und Aigen, wo die reichen *Aufschneider* wohnten, keiner wusste, was die Arbeiter alle bei den Aufschneidern wollten. Der E-Wagen war gelb und hatte eine enorme schwarze Schnauze, in der der Motor untergebracht war; der A-Wagen war auch gelb, hatte ein schwarzes Dach, aber keine Motorschnauze, weil er unter den elektrischen Oberleitungen fuhr, viel leiser als der beim Starten schwarze Schwaden ausstoßende E-Wagen, der bei der Fahrt über den steilen Müllner Hügel ächzend fast zu stehen kam.

Es war verboten, während der Fahrt mit dem Fahrer zu sprechen, und wie er das Lenkrad drehte, indem er den Oberkörper wuchtig mitschwingen ließ und dann die Hand wieder fest um den gewaltigen, heftig vibrierenden Ganghebel schloss, schien er so schwere körperliche Arbeit zu verrichten, dass an ein Gespräch ohnehin nicht zu denken war. Der Schaffner hingegen saß hinten in einer Art Häuschen auf seinem Thron und verkaufte die Fahrkarten, indem er dünne Blätter von einem Block zupfte, in die er dann mit einer Zange zwickte. Damit er beim Blättern nicht in die Hände spucken musste, trug er über dem Daumen der einen Hand eine kleine Kappe mit roten Gumminoppen. Hatte ein Fahrgast bereits eine Karte, musste er sie beim Betreten des Busses vorweisen und »Umgestiegen« rufen, dann überprüfte der Schaffner die Karte, auf der das ganze Streckennetz der Stadt eingezeichnet war, und zwickte sie neuerlich mit der silbernen Zange.

Der A-Wagen hatte einen Anhänger, und jede zweite Station sprang der Schaffner hinaus und verkaufte im hinteren Wagen die Karten, dann kam er wieder in den vorderen, setzte sich auf seinen Thron und rief in den Wagen: »Noch wer ohne Fahrschein?« Unter den Obusschaffnern gab es solche und solche, viele von ihnen hatten als städtische Angestellte bei uns in der Siedlung ihre Dienstwohnungen zugeteilt bekommen. Begann ein Kind zu weinen, schnitt der dickliche, rotgesichtige Schaffner, der in der Tegetthoffstraße wohnte, Grimassen, um es zum Lachen zu bringen; der Fahrer Lercher aber, der erst Stunden nach Dienstschluss durch die Radetzkystraße heimwärts zu torkeln pflegte, herrschte die Kinder, wenn sie laut oder unruhig waren, selbst dann an, wenn ihre Eltern neben ihnen standen, pflichtvergessene Leute, die ihre Brut nicht ordnungsgemäß zu halten wussten.

EIN PAAR STUNDEN ODER WOCHEN war ich nur am Rand gestanden, ohne recht darauf zu achten, was die schreienden und schwitzenden Männer so begeisterte, aber auf einmal begriff ich, dass es etwas gab, das Ball hieß und in seiner runden Vollkommenheit mit magischen Kräften beherrscht werden wollte. Im selben Augenblick war ich verzaubert, und so wenig mir, der ich oft die Dinge, mit denen ich basteln sollte, nach kurzem Bemühen empört von mir schleuderte, das Geschick von Fingern und Händen bedeutete, so wichtig wurde mir, dem Ball mit dem Fuß meinen Willen aufzuzwingen: das Geschick, ihn dorthin zu befördern, wo ich ihn haben wollte, oder ihn, bald mit dem rechten, dann mit dem linken Fuß ein wenig in die Höhe zu lupfen, ohne dass er auf den Boden gefallen wäre.

Früh ließen mich die Älteren mitspielen, aber mit einem Ball war ich auch dann nicht allein, wenn ich keine Gefährten fand. Gerne spielte ich in den immer neu zusammengewürfelten Mannschaften, aber es genügte mir auch, für mich mit dem Ball zu jonglieren und all die kleinen Kunststücke auszuprobieren, mit denen man sich einen Ball gefügig machen kann. Kaum dass ich ihn entdeckte, hatte ich eine innige Beziehung zu ihm, und als mir kurz vor dem fünften Geburtstag der letzte Osterhase meiner Kindheit meinen ersten Lederball brachte, nahm ich ihn abends mit ins Bett. Es war ein rotbrauner Ball, zusammengesetzt aus lauter länglichen Lederstreifen, die miteinander mit dickem weißen Zwirn vernäht waren, er hatte einen betörenden Duft, ich drückte ihn fest an mich und roch mich an ihm in den Schlaf. Anderntags ging ich, den Ball mit der Hand auf den Boden tippelnd, zur nahe gelegenen Fußballwiese und kostete das Glück aus, ihn mit einem kleinen Match einzuweihen, diesen roten Lederball, der prallvoll aufgepumpt war, sodass er stark vom Boden aufsprang und schnell wurde, wenn man ihn richtig zu schießen verstand. Abends trug ich sorgfältig Schuhcreme auf, die ich nachpolierte, damit er seinen Glanz bewahre, mit der Zeit wurde er rauh und rissig und dunkelbraun mit ein paar Flecken von grasigem Grün darin. An den Nähten hatte er seine Schwachstellen. Nach vier Monaten platzte eine Naht auf, ein Lederstück bog sich nach oben, sodass ich sie sehen konnte, die Seele des Balls, den roten Gummisack, der unter der ledernen Haut verborgen war; erst wenn er kaputt und die Luft aus ihm entwichen war, hatte die Seele des Balls sich ausgehaucht, und was dann dalag, unbeachtet, ins Eck geworfen, war kein Lebewesen mehr, sondern ein nutzloser Lappen.

Jetzt aber war es noch nicht so weit, ich trug den Ball zum Schuhmacher Loibner, einem hageren Mann mit dunkelbraun gegerbtem Gesicht, der seine Werkstatt in einem Kellerraum hatte, in dem es roch, als würden hier schon jahrelang nichts als Fußbälle gelagert werden. Er hieß mich auf einem Schemel Platz nehmen, klemmte sich den Ball zwischen die Schenkel, fuhr mit einer Nadel in das Ventil, sodass ein wenig Luft aus der Seele entwich und er sich den Ball so herrichten konnte, dass der schadhafte Zwirn leicht zu entfernen war. Ich saß betäubt von dem Geruch in der Werkstatt, in der der Schuhmacher unantastbar über die Dinge gebot, über die Zangen und Messer, die Raspeln und Ahlen, die geraden und die geschwungenen Werkzeuge und erst über die zahllosen Schuhe und Stiefel, schwarze, dunkelbraune, hellbraune, sogar etwas so Seltsames wie einen Männerschuh aus schwarz-weißem Lack sah ich dort.

Auf dem Tisch, auf dem lauter Lederschnipsel lagen, suchte er nach Zwirn, mit dem er die beiden Lederstücke wieder miteinander vernähte, wobei seine Bewegungen zugleich energisch und grazil waren. An diesem Nachmittag erlebte ich die Verwandlung einer unscheinbaren Figur, die nur schemenhaft durch meine Welt gehuscht war, in einen Mann, der eins war mit seinem Tun, und etwas von dem Glanz, in dem ich ihn in seiner Werkstatt hatte arbeiten sehen, war künftig immer um ihn, wenn ich ihm in der Siedlung begegnete.

Spielten wir im Regen, sog der Lederball die Nässe auf, dann wurde er schwerer und schwerer, er flog nicht mehr in hohem Bogen, sondern trudelte dahin und sprang auch nicht richtig auf, sondern glitschte flach weg. In den Sommerferien haben wir manchmal den ganzen Tag Fußball gespielt, gleich nach dem Frühstück fingen wir an und unterbrachen erst, wenn die Mütter uns zum Mittagessen riefen, um gleich danach das Spiel in anderer Aufstellung der Mannschaften fortzusetzen. Wir liefen und liefen, bis in den Fenstern wieder die Mütter erschienen und aus den entfernten und näheren Häusern ihr vielstimmiger Gebetsruf erschallte, der uns im hereinbrechenden Abend nachhause befahl.

SONNTAGS UM DREI gellte zuverlässig ein dünner Schrei durch die Wohnung über uns. Und wir waren uns wieder einig, dass es eine Zumutung war, unter einer solch schrecklichen Familie zu wohnen. Sie hießen Dorfer, hatten drei Töchter und ein Klavier, an dem Hedda, Ingeborg, Kordula dem Alter nach ihre tägliche Stunde absitzen mussten. Ich sah die drei Schwestern immer nur zu dritt, schnell huschten sie aus dem Haus, in die Schule oder die Stadt, und wenn sie mit kleinen, flinken Schritten zurückkehrten, schienen sie sich noch fester aneinanderzudrücken. Hedda stolperte immer an derselben Stelle der Etüde und klopfte, wenn das erste Motiv abgewandelt wurde, zaghaft, aber beständig auf die falsche Taste. Frau Dorfer war eine magere, nervöse Frau, deren Stimme kippte, sobald sie sich aufregte, sodass ihr Geschrei an ein schmerzhaftes Trillern erinnerte. Unser Sonntagskonzert währte keine Minute, da schrie und schmerzte es schon, bis einige Takte dumpfer Stille folgten. Danach fing Hedda wieder von vorne an, denn wer einen Fehler machte, der musste noch einmal durch die Partitur exerzieren.

Das Konzert war die Ursache eines fortgesetzten Zerwürfnisses zwischen dem fünften und dem vierten Stock des Hauses und der sonntägliche Urgrund unseres Verdrusses. Ich lümmelte auf dem Sofa im Wohnzimmer und hörte die Eltern und Schwestern den halben Nachmittag streiten, was zu tun sei, um den Sonntagsfrieden, den uns die Dorfer geraubt hatten, zurückzuerobern. Mutter und die Schwestern fanden, es sei Vaters Aufgabe, hinaufzugehen und Herrn Dorfer, einem feisten Mann, der gerne den Tolpatsch gab, die Meinung ordentlich hineinzusagen. Vater hingegen schlug vor, die ältere Schwester solle hinaufgehen und bestellen, dass er erkrankt wäre und daher um gefällige Beachtung der Sonntagsruhe ersuche.

Einmal aber, ergrimmt von unseren Lamentationen, stürmte er tatsächlich hinauf, wobei er die Wohnungstür so wuchtig zuwarf, dass sich viele Türen öffneten und die Leute in das Treppenhaus traten, um nicht womöglich einen Skandal zu versäumen. Ich schlich ihm in den Halbstock nach, sodass ich beobachten konnte, was oben geschah, und zugleich im Auge hatte, welche Wirkung es unten hervorrief. Wütend hielt er den Finger auf die Klingel gedrückt, bis Herr Dorfer die Tür aufmachte und nach seiner Art so tat, als habe er mit dem Mann, dessen Name auf dem Türschild stand, nichts zu tun und befinde sich nur zufällig auf Besuch bei dieser musikalischen Familie. Vater ließ sich aber nicht täuschen und goss mit seiner für ihr geringes Volumen und ihre Heiserkeit jetzt erstaunlich lauten Stimme einen Kübel von Anklagen über ihn aus, was im Stiegenhaus beifällig aufgenommen wurde. Am Ende seiner gründlichen Ermahnung, die Herr Dorfer gleichmütig über sich ergehen ließ, als gelte sie ohnedies nicht ihm, fragte er diesen mit wieder leise gewordener Stimme: »Und wissen Sie, was Sie jetzt tun können? Jetzt können Sie mich im … im Abendblatt lesen.« Keiner meiner Freunde hatte einen Vater, der den Herrn Dorfer zu so etwas aufgefordert hätte und der vor dem Abendblatt die Pause so dramatisch zu setzen, das A danach so verächtlich in die Länge zu ziehen imstande gewesen wäre, darin war meiner einfach unnachahmlich. Nur Mutter fand, es sei peinlich, dass er am Ende doch ordinär geworden war.

GELEITET VON MEINEM BRUDER, der hier schon drei Jahre Schüler war, betrat ich die Volksschule in Mülln und wunderte mich, dass die Lehrerin, die uns in der ersten Klasse erwartete, so alt war. Sie hieß Wolferseder, wie sie uns mit samtener Stimme mitteilte, die wir später so oft brüchig werden hörten, hatte dunkle Augen und weinte manchmal. Nicht gleich am ersten Tag, da weinten vielmehr die meisten Mädchen und sogar ein paar von den Buben, die sich aber eher dafür schämten und es nicht gleichermaßen genossen, dass Frau Lehrer Wolferseder zu ihnen kam und sie umstandslos an ihren Busen drückte. »Busen« hätte niemand von uns zu dem gesagt, wovon die Frau Lehrer Wolferseder reichlich hatte, auch ich nicht, nicht einmal im Stillen, wenngleich mir das Wort und was es bezeichnete nicht unbekannt war und es mich zugleich angenehm beruhigte und angenehm aufregte, wenn sie meinen Kopf an ihn presste.

Die Frau Lehrer Wolferseder, nie habe ich gehört, dass sie anders angeredet worden wäre, immer war dem Familiennamen die männliche Berufsbezeichnung mit der weiblichen Anrede vorangestellt, muss unglücklich gewesen sein, aber ihr großes Unglück hatte sie nicht verhärtet, sondern empfänglich gemacht für das kleine, das sich alle Tage ereignet. Wir waren gerade damit beschäftigt, im Schulheft den Buchstaben O so wohlgeformt in Reih und Glied aufmarschieren zu lassen, wie es uns die Frau Lehrer Wolferseder auf der Tafel vorgemacht hatte, da unterbrach sie die Arbeit und hieß uns zum Fenster gehen. Jenseits der schmalen Augustinergasse erhob sich der steile Fels des Mönchsbergs, zu dessen Füßen mächtige Bäume in die Höhe ragten. Und jetzt sprangen dort von Ast zu Ast zwei Eichhörnchen hinauf, um in den Wäldern des Mönchsbergs zu verschwinden. Wir standen dichtgedrängt und staunten über das Geschick der eleganten Tiere mit dem buschigen Schweif, so wie ich heute staune über diese Lehrerin, die die Schulkinder dazu anhielt, die schiefen Reihen wackeliger Os stehenzulassen und Wichtigeres zu tun, nämlich aus dem Fenster zu schauen.

So eindringlich, wie sie uns auf Dinge aufmerksam machte, so innig weinte sie manchmal. Sie nahm dann am Katheder Platz, was sie sonst selten tat, sagte nichts, verbarg aber auch nicht das rundliche Gesicht, über das die Tränen flossen. Seltsam, doch ihr Weinen, das sie wohl jede Woche einmal ergriff, hat uns weder erschreckt noch unruhig gemacht, wir verhielten uns vielmehr so leise, wie es nur ging, um die Frau Lehrer Wolferseder nicht beim Weinen zu stören. Zwei Wochen vor den Sommerferien, wir hatten die Zahlen und Buchstaben bereits gelernt, schrieb sie statt des richtigen Datums vom Juni 1961 ein falsches an die Tafel; sie wischte es, als wir lachten, mit dem Schwamm weg, versuchte ein anderes, das wieder falsch war, und so ging es eine Weile, die Frau Lehrer Wolferseder hatte, wie uns später erklärt wurde, lauter Daten von Schlachten aus dem Zweiten Weltkrieg auf die Tafel geschrieben.

Endlich verließ sie das Klassenzimmer, und nach einiger Zeit trat der Herr Direktor herein, ein Offizier auf Schulurlaub, der etwas von einem Mann und von Russland sagte und uns dann bis zum Ferienbeginn beim Stillsitzen und Ruhighalten überwachte. Die Frau Lehrer Wolferseder kam nicht wieder. Im Herbst, nach den Ferien, stand statt ihr die fesche, fröhliche Frau Heilgartner in der Klasse, die uns die nächsten drei Jahre rechnen, lesen und schreiben lehrte, indem sie den langen, dünnen Holzstab, von dem wir bisher nur erfahren hatten, dass man mit ihm auf Wörter und Zahlen auf der Tafel zeigen konnte, feste auf ausgestreckte Hände niedersausen ließ. Da haben viele geweint. Die Frau Lehrer Wolferseder, erfuhren wir, ohne dass uns Genaues gesagt wurde, war in den Ferien gestorben, aber erst jetzt, da ich älter bin, als sie wurde, und mir schaudernd bewusst ist, wie nahe am Krieg ich aufgewachsen bin, frage ich mich, was mit ihr war, meiner ersten Lehrerin, die die Weinenden tröstete und selber so oft weinte.

DIE WELT BESTAND aus Büchern und richtigen Büchern. Ich lernte erst lesen, da wusste ich bereits, dass es eine Hierarchie der schriftlichen Werke zu beachten galt. Bücher waren etwas für gewöhnliche Leute, die lasen, um sich zu zerstreuen oder die Zeit zu vertreiben, und daran war nichts Schlechtes. Die richtigen Bücher aber wurden nicht gelesen, damit man der Langeweile entrinne oder Trost im Unglück finde, sondern um sich einer edlen Anstrengung zu unterziehen und unerschrocken dem menschlichen Schicksal zu stellen. Die Leser der richtigen Bücher bildeten ein unsichtbares Volk inmitten der Menschen, es gab sie unerkannt überall, verstreut, in jedem Haus und jeder Straße lebten sie, aber man kannte sie nicht und ahnte nur, wer von den Männern und Frauen, die einem alle Tage begegneten, demselben Volk zugehörte. Bei uns lasen alle, und es wurden von ihnen sowohl Bücher als auch die richtigen Bücher gelesen. Ich wusste, dass die roten, schmalen Bände, die die Schwestern verschlangen und die von den Abenteuern eines Inspektors namens Ironside handelten, nicht zu den richtigen Büchern gehörten und es mir daher erlaubt war, sie bei deren Lektüre zu stören. Hatten sie sich jedoch mit einem Schmöker in ein Eck der Wohnung verzogen, von dem es raunend hieß, es handle sich um einen russischen Roman, durfte ich sie nicht belästigen, denn jetzt waren sie mit einer ernsten Sache beschäftigt, der sie ihre ganze Aufmerksamkeit zuwenden mussten.

Die Bücher wurden in der Stadtbücherei ausgeliehen, gelesen und bald wieder dorthin zurückgebracht, sodass wir sie nur ein paar Tage oder Wochen in der Wohnung hatten; die richtigen Bücher aber standen im Buchregal und gehörten dauerhaft zu uns, und von manchem hatte Vater mir und dem Bruder bereits grimmige Anekdoten erzählt, lange bevor wir sie selbst hätten lesen können. Nach dem Abendessen, wenn Mutter, die diese Geschichten für schädlich hielt, die Küche aufräumte und den Tisch für das Frühstück bereitete, verlangten wir von ihm, dass er uns wieder eine erzähle. Wir machten es uns auf dem Fauteuil bequem – und schon bekamen wir von Dichtern und Denkern zu hören, die allesamt wahnsinnig, einsam, der Trunksucht oder dem Roulettspiel verfallen waren und von ihren Zeitgenossen rundum missachtet, wenn nicht verhöhnt wurden. Was wir vom Leben bedeutender Geister erfuhren, war immer tragisch und erhebend zugleich, nichts Großes schien je in die Welt gekommen zu sein, das nicht aus dem Unglück erstanden wäre, die Verzweiflung aber trug den Keim des Geglückten und Schönen in sich. Darum stand das Unglück bei uns in so hohem Ansehen, es war ein Kennzeichen oberflächlicher Menschen, dass sie zufrieden waren mit sich und der Welt. Über niemanden machte Vater so verächtliche Bemerkungen wie über die erfolgreichen Leute, die so beschränkt waren, nach nichtigen Dingen zu streben, sich mit Geld und Ansehen zufriedenzugeben, und bei denen es auch nichts mehr nützte, wenn ihnen der Zufall ein richtiges Buch in die Hand legte.

Wir mochten Vaters Geschichten, und Mutter ängstigte es, dass wir sie mochten. Sie räumte das Feld, wenn er zu erzählen begann, und unterzog uns danach einem gründlichen Exerzitium der Zuversicht. Beschwörend instruierte sie uns, dass es unsere Pflicht sei, das schöne Leben auch schön zu finden. Vater erzählte uns unentwegt düstere Geschichten, sie war unentwegt besorgt, uns die düsteren Gedanken, von denen sie fürchtete, dass sie von uns Besitz ergriffen hatten, wieder zu verscheuchen. Merkwürdigerweise war Vater mit seiner schwarzen Sicht auf die Welt ein genießerischer, manchmal geradezu ausgelassener Mensch, während Mutter mit ihrem Hang, die Dinge für uns schönzureden, oft traurig war und ihr Bemühen, uns vor der Verzweiflung zu bewahren, geradezu verzweifelt wirkte. Er behauptete, die Welt sei schlecht, und ließ es sich darüber nicht verdrießen, sie warnte uns vor den Gefahren der Schwarzseherei und lebte in täglicher Erwartung der Katastrophe.

ABENDS ZWISCHEN ACHT UND NEUN verwandelte sich das Telefon in einen Boten des Unheils. Der schwarze Apparat stand im Vorzimmer nahe der Eingangstür auf einem kleinen, in die Wand geschraubten Brett, hatte einen Hörer, der auf einer geschwungenen Gabel auflag, eine Wählscheibe, auf der von oben rechts gegen den Uhrzeigersinn bis unten die Zahlen von 1 bis 9 weiß im Halbkreis standen, und einen Knopf am Gehäuse. Der Bruder behauptete, er könne die Nummern, die gewählt wurden, daran erkennen, wie lange es dauerte, bis die Wählscheibe wieder in ihre Ausgangsposition zurückgesirrt war. Tagsüber läutete das Telefon fröhlich, die ältere Schwester eilte, als Erste beim Apparat zu sein, um Gespräche mit rätselhaften Unbekannten zu führen, kichernd und verschwörerisch, dass nicht zu erraten war, mit wem sie sich worüber unterhielt und welche Verabredung sie traf.

Die jüngere Schwester, schön und scheu, unzufrieden mit sich und überworfen mit der Welt, wurde fast nie angerufen, sie saß brütend in ihrer Verzweiflung, und die Mutter warf ihr den berüchtigten Aufmunterungsblick zu. Manchmal war aber auch sie es, die zum Telefon ging und einem Anrufer mitteilte, dass der Vater leider nicht zuhause sei, der Vater, der beim ersten Klingelton erschrocken ausgerufen hatte, er wäre nicht da und daher für niemanden, absolut niemanden zu sprechen. Wie wir in das philosophische Problem eingeführt wurden, dass jemand, der anwesend war, zugleich abwesend sein konnte, so war uns auch die Relativität des Absoluten von früh auf geläufig, und ich glaube, ich wusste schon mit sechs, ob der, der sich meldete, wenn ich den Hörer abhob, wirklich ein Niemand war, oder mein Vater, der eigentlich nicht da war, doch mit ihm sprechen wollte.

Manchmal ging der Vater auch ins Vorzimmer mit, dann musste ich, sofern dieser sich dem Kind vorgestellt hatte, laut den Namen des Anrufers wiederholen und dabei zum Vater blicken, der jetzt entweder näher trat, um mir rasch den Hörer abzunehmen, oder mit beiden Armen zu fuchteln begann, was bedeutete, dass er gerade unter keinen Umständen zuhause war. Ich liebte dieses Spiel, obwohl mir seine moralische Fragwürdigkeit nicht verborgen blieb, ich liebte es, weil es eine Vertrautheit schuf, die auf einer Lüge gründete und Vater und Sohn zu Kumpanen bei etwas sittlich Bedenklichem machte, und ich liebte es, weil es mir eine Geistesgegenwärtigkeit abverlangte, für die ich viel Lob erhielt. Auf wenig war ich so versessen wie auf dieses Lob, das mir flinken Verstand und Schlagfertigkeit bescheinigte, wie ich mir umgekehrt noch heute schwertue, gedanklich langsamen, sprachlich ungelenken Menschen gerecht zu werden, neige ich doch dazu, sie als geistig unregsam zu unterschätzen, und dabei hatten sie vielleicht nur keinen Vater, von dem sie im Bruchteil einer Sekunde zu entscheiden hatten, ob er da war oder nicht. Als ich Vater fragte, warum er für den Kommerzialrat Helminger und den Professor Mattes nicht zuhause war, klärte er mich auf, dass Helminger eine Krämerseele und Mattes ein *Nebochant* sei, die Krämerseelen waren so blöd, nur ans Geldverdienen zu denken, und die Nebochanten waren selbst dafür zu blöde.

Wir teilten den Telefonanschluss mit drei anderen Familien im Haus. Immer nur eine konnte telefonieren, und sobald eine neue Verbindung aufgebaut wurde, knackste es in einem an der Wand befestigten kleinen Kästchen, es knackste, und wenige Sekunden später hörten wir es entweder bei den Nachbarn klingeln oder bei uns. Unter der Wählscheibe hatte das Telefon einen weißen Knopf, auf den man drücken musste, damit die Verbindung zum Amt hergestellt war und gewählt werden konnte. Der Knopf ließ, wenn der Vorgang gelang, ein Ticken hören, telefonierte aber gerade einer der drei Nachbarn, blieb er stumm und gab die Leitung nicht frei. Natürlich blockierten die Nachbarn stundenlang die Leitung, kaum dass auch wir einmal ein wichtiges Gespräch führen mussten, sodass ich Telefondienst versehen durfte und alle zwanzig, dreißig Sekunden den Knopf drückte, um zu prüfen, ob die Nachbarn so rücksichtslos waren, die Leitung noch immer nicht freizugeben.

Abends wurde das Telefon unheimlich, Mutter horchte, ob es nicht womöglich knackste, sie horchte, damit sie das Klingeln, das auf das Knacksen folgte, nicht so erschrecken möge. Rief jemand bald nach acht Uhr an, war sie nur verärgert und hob den Hörer in missbilligendem Ton ab, denn zu dieser Zeit rief man nicht mehr an, wenn man Manieren hatte. Je später es aber klingelte, umso gefährlicher klang es, der Frieden des Abends war nur ein trügerischer gewesen und wurde vom Klingeln zerrissen. Die Mutter ließ alles stehen und liegen und stürzte zum Telefon, während mein Bruder und ich den Atem anhielten, vom Buch aufblickten oder das Einschlafen unterbrachen und lauschten, was ihrem gehauchten Hallo folgte. Nach neun stürmte sie in Erwartung schlechter Nachrichten, vernichtender Meldungen zum Apparat, und auch wenn es fast nie vorkam, in all den Jahren vielleicht drei, vier Mal, dass wir über das Telefon von einem Unglücksfall unterrichtet wurden – vom Tod des Onkels Hugo in Amerika, vom Verkehrsunfall der Schwester in Italien –, fürchteten wir immer, wenn es nach neun Uhr klingelte, die Dinge würden endlich ihre schicksalhafte Wendung ins Unheil genommen haben.

Obwohl es immer die anderen waren, denen Freunde oder Verwandte wegstarben, waren wir überzeugt, dass keiner Familie größere Gefahr drohte als unserer. Passierte wirklich etwas Schlimmes, geriet niemand außer Fassung, denn Unglück, das eintrat, war nicht gefährlich. Was Mutter fürchtete, war das Unglück, das geschehen konnte, nicht jenes, das geschah. In ihrem Leben war es schon einmal viel schlimmer gekommen, als sie sich das vorgestellt hatte, darum stellte sie sich jetzt alles viel schlimmer vor, als es zu kommen pflegte. Kam es aber dennoch so schlimm, wie sie es befürchtet hatte, wurde sie ganz ruhig und ergriff unverzüglich die Maßnahmen, die in einem solchen Unglücksfall eben zu ergreifen waren.

ABHÄRTUNG IST GESUND, behauptete der Arzt, mit dem die Eltern befreundet waren, aber Mutter traute ihm nicht. Dr. Eisner war ein *Landsmann* der Eltern und außer dieser Tatsache sprach für ihn seine lebensweise Überzeugung, dass Mütter am besten wissen, was ihren Kindern fehlt. Ehe er uns hätte untersuchen können, sagte Mutter ihm daher immer, welche Krankheit uns befallen hatte und welche Medikamente er verschreiben musste, damit wir wieder gesunden. Meist einigten sie sich auf Pillen, die Bayrena hießen und uns verabreicht wurden, sobald wir fieberten und uns ein kratziger Husten quälte.

In den Wintermonaten erwachten der Bruder und ich stets durch ein gewaltiges Scheppern und Rumpeln, denn um halb sechs Uhr rüttelte Mutter aus einer hohen schmalen Kohlenkanne die eiförmigen Kohlestücke in den Ofen, damit wir uns eine Stunde später nicht im kalten Zimmer würden ankleiden müssen. Der Lärm riss mich aus dem Schlaf, in den ich gleich wieder versank, ich wusste, wenn ich wieder erwachte, würde ich von bullernder Wärme umfangen sein. Dann sprang ich auf, eilte zum Fenster und schob den Vorhang zur Seite, um das Zauberwerk zu bestaunen: Über und über war die Fensterscheibe von phantastischen Eisblumen bedeckt, wie es sie auf keiner Wiese gab, sie schauten aus wie weiße schmale Lilien mit spitzen Blättern, wie Rittersporn mit unzähligen, gestochen genau gezeichneten Blütenknollen, Palmwedel, so scharf wie kleine Schwerter, wie die Zweige winziger Eiben und Lärchen … Auf dem Fenster war ein Ziergarten erblüht, in dem Blumen und Sträucher ineinander wuchsen, die die Natur nicht kannte und die auch niemals am selben Ort hätten gedeihen können. Ich hauchte an die Scheibe und kratzte mit dem Fingernagel ein paar Löcher in die Pracht, um zu schauen, ob frischer Schnee auf der Straße lag.

Nach dem Frühstück wurde mir die Schultasche mit Riemen um die Schulter gehängt und die Mütze aufgesetzt, dann ging es hinaus in den dunklen Wintermorgen. An der Ecke drehte ich mich um und sah, dass die Mutter mir am erleuchteten Küchenfenster nachschaute. Hinter der Kurve nahm ich die Schultasche herunter, um sie, wenn Sabine nicht da war, selbst in der Hand zu tragen, und die Mütze steckte ich in die Manteltasche, weil nur brave Kinder die Schultasche am Rücken und die Mütze am Kopfe trugen.

ES WAR DER KÄLTESTE WINTER, den ich erlebt hatte, und keiner seither hat über das Land eine so klirrende Kette wolkenloser Tage und eisig leuchtender Nächte gebracht. Im Garten war der Schnee steinhart gefroren, und eines Tages begannen die älteren Kinder mit Schaufeln weiße Ziegel aus dem Schnee zu stechen und wie Baumaterial aufzuschlichten. Bruno, der schon sechzehn war und die Technische Lehranstalt besuchte, ein weicher, dicklicher Bursche mit roten Backen und einem schief in seinem Gesicht gefrorenen Grinsen, hatte das Kommando übernommen. Am ersten Tag wurden die Grundmauern eines im Durchmesser vielleicht zwei Meter großen Iglus errichtet, am Nachmittag des nächsten war die Schneeburg schon so hoch, dass ich von Bruno dazu bestimmt wurde, im Inneren des Baus die Kanten der neu aufgelegten Ziegel mit meinen klammen Fingern zu bestreichen, damit sie sich fugenlos fest mit den vorher aufgelegten verbinden konnten.

Ich hatte das Verhängnis nicht kommen sehen, aber auf einmal war das gerundete Dach über mir fast geschlossen, nur ein schmaler Schlitz war noch frei, durch den ich in den grauen Himmel blickte. Ich begriff, dass ich mitgeholfen hatte, mich in einem Gefängnis aus steinharten Eisziegeln einzumauern. Da schlug ich gegen die Wände, die nicht wankten, nicht einmal krachten, ich stemmte die Arme gegen das Dach, das nicht nachgab, wir waren allein, mein Tod und ich. Ich rammte den Kopf gegen die Mauern, dass das Blut aus der Nase spritzte, das an der weißen Mauer sofort gefror und die Nasenlöcher mit Eispfropfen verschloss. Die Wände sind weiß und rücken näher, das Herz hämmert, der Himmel ist leer und still, irgendwann spricht aus ihm eine Stimme, sie gehört Herrn Sagmeister, dem Vater von Bruno, der mir befiehlt, mich in das hintere Eck des Iglus zu stellen, und dann kracht es über mir, Spaten schlagen auf das Dach, bis ich viele Hände in grünen und roten Wollfäustlingen sehe, die über den Schlitz ins Innere des Iglus greifen und Stück um Stück aus dem Dach reißen. Dann werde ich von Herrn Sagmeister herausgehoben, die Kameraden stehen in betreten grinsender Runde und hinter ihnen, sie überragend, der Baumeister und Richter, Bruno, der das Gefängnis aus Eis geplant und den Tod über mich verhängt hat.

Kaum war ich befreit, verflog die Todesangst, ihre Stelle war nun leer, sie musste mit etwas gefüllt werden. Ich füllte sie mit einer anderen Angst, mit der Angst, dass den Freunden meine Panik nicht entgangen war, und diese Angst, Angst zu zeigen, wird mich künftig den Ball bloßfüßig aus dem Meer von Brennnesseln holen, steile Wege mit dem Roller hinuntersausen, auf dünnem Balken über den Bach balancieren lassen und mich zu den aberwitzigsten Verrenkungen nötigen.

Ich sah Bruno, rotbackig, wie entrückt in seiner fremden Erregung, und was in mich einschoss, war eine eisige Welle des Hasses, eine kalte Leidenschaft, die mich nach Rache verlangen ließ und von der ich sogleich wusste, dass ich erst Ruhe von ihr finden würde, wenn der Feind geschlagen und seine Niederlage eine vollständige sein wird. Im Sommer darauf wurde Bruno, mit seinem Rennrad unterwegs zu einem dreißig Kilometer entfernten See, von einem Lieferwagen erfasst und gegen das Häuschen einer Haltestelle des Postbusses geschleudert. Ich sah ihn vor mir, wie er in einem weißen, kalten, gekachelten Zimmer des Krankenhauses um sein Leben kämpfte, bis am sechsten Tag sein Gesicht totenblass wurde und die Pausbacken einsackten. Beständig sprach ich mit ihm, der in tiefer Bewusstlosigkeit lag, und mit mir, der ich schon den Triumph und die Schuld des Überlebenden verspürte, während er noch gar nicht gestorben war: Hättest du mich nicht eingesperrt, hättest du mich nicht lächerlich gemacht! Groß war das Erschrecken über meine Allmacht.

SAMSTAGNACHMITTAGS spazierten wir in die Stadt, damit Vater im Nonstop-Kino schlafen konnte. Es war ausgemacht, dass der Bruder und ich ihn weckten, wenn das Programm, das mit seinen Tierfilmen, Weltnachrichten, Sportberichten und der Zeichentrick-Serie eine Stunde dauerte, wieder von vorne anfing, oder wenn er zu schnarchen begann. Wir lauerten, bis er leise röchelte, und stupsten ihn dann, worauf er schnaubend aufschreckte, einen kurzen Blick auf die Leinwand warf und weiterschlief, sodass wir die Berichte vom Aufstand in Algerien, Krieg in Indochina, Militärputsch in Panama zwei Mal anschauen konnten.

Nach dem Kino, in dem wir erfuhren, dass ständig irgendwo Krieg geführt wurde, gingen wir immer in das nahe gelegene Gasthaus Sternbräu und betrachteten das malträtierte Fleisch. Ich saß hungrig im größten Saal des Gasthauses und konnte die Augen nicht von den riesigen Bildern wenden, die dort hingen. Besonders hatte es mir das Gemälde angetan, auf dem Erzbischof Wolfdietrich von Raitenau, von den Söldnern seines wortbrüchigen Neffen Markus Sittikus in Ketten gelegt, durch eine unwegsame Winterlandschaft ins Gebirge verschleppt wurde, was er mit einem stolzen, bitteren Blick erduldete. Oder das Bildnis der halbnackten Frau, die, das lange Haar offen, den Blick schreckensstarr, überlebensgroß auf einem Wagen kauerte, mit dem sie die Landsknechte gleich zum Scheiterhaufen fahren würden.

Hatten wir uns an einen der dunklen Holztische gesetzt, kam die alte, weißhaarige Frau, die von Tisch zu Tisch ging und uns mit Namen kannte, stellte den Korb mit dem Gebäck, den sie am Rücken trug, vor uns ab und fragte, was wir heute haben wollten, lange Salzstangen, Weckerl mit Kümmel oder eine der riesigen Brezen. Danach bestellten wir unser Himbeer Soda, wir mussten es immer selbst bestellen, weil Vater meinte, wer zu verkorkst sei, dem Kellner zu sagen, was er wolle, der wäre besser zuhause geblieben, um bei der Amme Milch zu trinken, aber wir hatten gar keine Amme, und die Vorstellung, je aus fremden Brüsten getrunken zu haben, war mir unappetitlich. War der Raum ausgespäht und alles bestellt, konnte es losgehen: Wir erzählten, was seit letztem Samstag in der Siedlung oder der Schule vorgefallen war, und Vater erzählte, was sich vor vierzig Jahren, als er dort zur Schule ging, in seiner kleinen Stadt an der Donau zugetragen hatte, und am Ende griff er in die Brusttasche des Sakkos und rief: O Gott, ich habe die Brieftasche verloren, der Wirt wird die Polizei holen, außer er lässt euch in der Küche das Geschirr abwaschen, und das Beste an dem Scherz war, dass er ihn jeden Samstag wiederholte.

Auf dem Heimweg, wenn wir am Fluss stadtauswärts gingen, rauschten die Gespräche, die wir geführt hatten, in mir nach, und es war, als würden im Schaukeln der Wellen all die Bilder mitschaukeln, die ich im Kino und im Gasthaus gesehen hatte. Da befiel mich ein wehes Gefühl, in dem gleich viel Glück wie Unglück lag. Noch fühlte ich mich erhoben, das Paradies musste so ein Samstagnachmittag sein, aber schon sah ich die lange Woche vor mir, die erst vergehen musste, bis wir wieder, statt auf die Berge, in die Stadt wandern, im Kino sitzen und im Gasthaus unter den Schwaden zahlloser Zigaretten über die Kämpfe in der fernen Stadt Algier, die Winter vor vierzig Jahren an der zugefrorenen Donau, die Vormittage in der Volksschule Mülln reden und Himbeer Soda trinken würden.

MINUTENLANG STANDEN WIR UNS gegenüber, er zitternd in rätselhafter Wut, ich reglos in stummer Angst. Gerne schlug ich, wenn ich morgens zur Schule ging, den von Kirschbäumen gesäumten Pfad ein, der zur vielbefahrenen Durchzugsstraße führte. Und dort, auf dem Kiesweg, der im Herbst von Blättern bedeckt war, wartete eines Tages der Hund auf mich. Er wich nicht zur Seite und griff nicht an, ich wagte nicht zu atmen oder einen Schritt zu tun. Hunde riechen die Angst, hatte Frau Heilgartner, die neue Lehrerin, gesagt und uns so in ihre Schule der Angst genommen. Ich wusste, in welchen Gassen es freilaufende Hunde gab und wo andere in fletschendem Zorn gegen die Gartenzäune sprangen. In meiner inneren Landkarte waren zahllose Stationen der Gefahr markiert, und um zu meinen Zielen zu gelangen, schlug ich lange Umwege ein, wie von selbst, als wäre mir die Route eingezeichnet, die ich nehmen musste, um nicht bei den Hunden, den Trunkenbolden, den Hexen vorbeizukommen.

Hatte ich die Durchzugsstraße erreicht, an der mein Revier endete, galt es über die Kreuzung zu gelangen, in die vier Straßen mündeten und die doch, so nahe der Schule, von keiner Ampel geregelt war. Einmal, als ich mit Sabine aus der Siedlung kam, stand der Verkehr still, und in der Mitte der Kreuzung lag in einem Kranz aus Scherben ein hellblaues Moped der Marke Puch auf dem Asphalt. An der gegenüberliegenden Seite wurde gerade ein kräftiger Bursche, dessen schwarze Schuhe vorne spitz zuliefen und an den Zehen steil aufgebogen waren, auf einer Trage in den Rettungswagen geschoben, wobei er sich aufsetzte und einen verzagten Blick auf das Moped warf, das er zurücklassen musste. Es war dieser Blick, der in mir das jähe Gefühl von Verlassenheit weckte. Der Verunglückte war zwar einer der Halbstarken, die abends auf dem kleinen Plätzchen vor unserem Haus ihre Mopeds im Stand aufheulen ließen, aber als er jetzt mit Blaulicht abtransportiert wurde, musste er doch schrecklich einsam und schwach sein, und ich fühlte mich, inmitten der Schüler, die nach und nach an der Unfallstelle eingetroffen waren, mit einem Mal so verlassen, wie ich dachte, dass er sich fühlen musste. Wir standen still, bis ein Polizist das verwaiste Moped aufstellte, über die Kreuzung schob und an der Wand der Bäckerei anlehnte.

Die Bäckerei war in einem hohen, dunklen Haus untergebracht, das vom Dach bis zum Erdgeschoß mit braunen Ranken und grünen Blättern bewachsen war. Es war ein Ort der Versuchung und der Beschämung, denn gleich mir konnten viele Schüler an dem nach frischem Brot duftenden Laden nicht vorbei, ohne ihn, immer der Nase nach, zu betreten. 62 Groschen kostete das günstigste Gebäck, dafür mussten drei Münzen aufgetrieben werden, die kupferne mit den fein gezackten Rändern, auf der 50 stand und bei der in die Null ein kleines Veilchen ragte, das hauchdünne, fast gewichtlose silberne Plättchen, das zehn Groschen wert war, und der winzige, rostig beschlagene Knopf, der im Lebensmittelgeschäft Pfaff bei uns in der Siedlung gar nicht mehr ausgegeben wurde, sondern durch ein Stollwerck, das die Kinder der Kunden statt der zwei Groschen an Retourgeld erhielten, ersetzt worden war. Immer wieder haben wir es probiert, die Bäckerin, eine laute, resolute Frau, gnädig zu stimmen, indem wir ihr 55 oder sechzig Groschen in die aufgeklappte, von der Arbeit rot und rissig gewordene Hand leerten; dies wurde stets mit einer Tirade entgolten, in der wir als Bettler, als Betrüger niedergemacht und aus dem Geschäft gescheucht wurden, beschämt für den Tag, noch ehe wir die Schule betreten hatten.

Dort werkte an der Tafel Frau Heilgartner, die fast immer gutgelaunt war und niemals weinen musste, wie es der Frau Lehrer Wolferseder so oft widerfahren war. Mit heller Stimme rief sie die Kinder, die ihre Hausaufgabe verpatzt oder eine Frage falsch beantwortet hatten, an die Tafel und ließ den Zeigestab pfeifend auf ihre Handflächen niedersausen. Außer den Schlägen, die andere erhielten, hatte ich wenig zu fürchten von ihr, denn meine Hausaufgaben wurden von der Mutter kontrolliert und unerwartet zugeworfene Fragen haben mich nie aus der Fassung gebracht. Aber jede Stunde waren es ein paar und darunter zwei, denen das alle Tage blühte, die ihre Arme ausstrecken mussten und nicht, feige auch noch, unter dem Stab wegzucken durften, eine Strafe, die ihre Handflächen mit roten, in den Pausen von den Mitschülern begutachteten Striemen versah. Frau Heilgartner war nicht jähzornig, sie schlug geradezu unbeteiligt und wie pflichtgemäß, weil sie Begriffsstutzigkeit eben nicht ausstehen konnte und die bockigen Schüler lehren wollte, sich nicht dumm zu stellen.

Drei Mal wöchentlich wurden wir in Zweierreihen in den Keller geführt, wo sich der kleine, nach Leder, Schweiß, Bohnerwachs riechende Turnsaal befand. In der Ecke standen hohe Böcke mit braunem Ledersattel, die wir in die Mitte schoben und über die wir mit gespreizten Beinen sprangen; die Längsseite war mit einer breiten Sprossenwand versehen und an der Schmalseite ragten bis zur Decke die vier Kletterstangen empor, auf die manche wieselflink hinaufgelangten, andere ächzend gerade ein, zwei Meter bewältigten und von der Lehrerin als »Mehlsäcke« angefeuert wurden. Am lustigsten war es, wenn die Turngeräte verräumt waren und wir in zwei Gruppen eingeteilt wurden, die sich beim *Völkerball* abschießen durften.

Einmal traf mich ein scharf geworfener Ball in den Unterleib, sodass ich zusammensackte und mich jammernd in die Ecke verzog. Weil ich dort kauernd verharrte, schnappte mich Frau Heilgartner an den Armen, dass ich nicht anders konnte, als mich aufzurichten, und in diesem Moment … In diesem Moment, als uns alle beobachteten, hebt sie mit der einen Hand den Bund meiner schwarzen Turnhose an und fährt mit der anderen tief in diese hinein, um sich mit einem Griff an die schmerztauben Organe zu überzeugen, dass alle von ihnen noch vorhanden waren. Ich sehe die Buben, die in ihrem Erschrecken grinsen, und die Mädchen, die in vorgetäuschtem Wissen mitleidig lächeln, und ich sehe in das fröhliche Gesicht der Frau Heilgartner mit den vollen Lippen, dem Muttermal im Mundwinkel, ihrer runden Zufriedenheit. Ich begann sie sofort und so heftig zu hassen, wie ich nur zu hassen vermochte, aber trotzdem wurde sie steinalt.

ICH WOLLTE NICHT ZU IHR SCHAUEN und konnte nicht anders, als es trotzdem zu tun. Die Bänke in der Klasse waren in drei Reihen aufgestellt, ich saß in der vordersten Bank direkt bei der Tür, Marita hingegen, klein, pummelig und schön, war in die erste Bank neben dem Fenster gesetzt worden. Ihre Haut war hellbraun, das Haar hatte sie zu einem kräftigen, kastanienbraunen Pferdeschwanz gefasst, die Wimpern waren auffallend gebogen, und jeden Tag kam sie in einem anderen bunten Kleid zur Schule. Von ihren Eltern hieß es, sie seien reich und stammten aus einem Land namens Liechtenstein, in dem nur reiche Leute lebten, und wären nach Salzburg gekommen, weil ihr Vater hier eine große Firma leitete. Ich nahm mir vor, die ganze Stunde nicht zu ihr zu sehen, aber der Kopf wurde mir von einer unbekannten Kraft zur Fensterreihe gedreht, sodass sie mich doch wieder dabei ertappte, wie ich sie anstarrte. Gerade noch in ihr Heft vertieft, blickte sie langsam auf und ließ ihre Augen absichtslos zur Türreihe wandern, und wenn ihr Blick den meinen traf, ging in ihrem Gesicht ein vergnügtes Lächeln auf. Ich dachte mir oft Geschichten aus, die es mir ermöglichten, Marita zu retten, vor Schülern aus den oberen Klassen, die sie hänselten, vor Ungeheuern, die ich mit dem Schwert verscheuchte, gerne trug ich sie auch aus dem brennenden Schulhaus, aus dem sie nicht hatte flüchten können und das ich erstürmte, vorbei an den Feuerwehrmännern, die mich zurückhalten wollten und anflehten, mich doch nicht in solche Gefahr zu begeben.

Eines Tages trat Marita in der Pause in den Kreis der Knaben, reichte mir eine Tafel Schokolade, so groß, wie ich noch nie eine gesehen, geschweige denn verzehrt hatte, und sagte: Meine Mutter lässt fragen, ob du einmal nach der Schule zu uns nachhause kommen magst. Und schon drehte sie sich mit fliegendem Haarschweif um und ließ mich in fürchterlicher Beklemmung zurück. Ein solches Geschenk vor all den Buben zu erhalten, die sich weigerten, mit Mädchen zu spielen, und sich an Zärtlichkeit höchstens erlaubten, sie an den Zöpfen zu ziehen, war eine Auszeichnung, die schwer zu ertragen war. Alle neideten sie mir die Schokolade, alle höhnten sie, dass ich sie erhalten hatte. In der Stunde darauf saß Marita wie immer in ihrer Bank, eine hellbraune Prinzessin mit dunkel strahlenden Augen im rundlichen Gesicht. Ich fühlte mich erhoben, dass ich es war, der ein Geschenk von ihr erhalten hatte, und haderte mit der Weise, wie sie es mir übergeben hatte. Wie gut kannte mich dagegen Sabine, die mich nur zu verwöhnen wagte, wenn die anderen es nicht merkten.

Das Geschenk und die Art, wie es mir überreicht wurde, beschäftigten mich, bis die Mittagsglocke läutete und wir lärmend nach draußen liefen. Marita wartete bereits auf der Schultreppe und fragte: Nun, was soll ich meiner Mutter sagen? Ich bekam kein Wort heraus und schüttelte stumm den Kopf, sogleich entsetzt darüber, dass ich ihn schüttelte, und beschämt, dass mir, dem sonst immer etwas einfiel, kein Scherzwort zugeflogen war. Marita stieß durch die Zahnlücke, die sich in der Reihe kleiner, spitzer Zähne befand, einen überraschten Pfiff und kräuselte die Lippen zu einem Lächeln, wie ich es von ihr nicht kannte. Sie wurde von ihrer Mutter mit dem Auto abgeholt, einem weißen Sportwagen ohne Dach, mit dunkelblauen Ledersitzen, und Marita setzte sich vorne zu ihr, deren Locken unter einem Kopftuch hervorlugten und die ihre Augen hinter einer Sonnenbrille verbarg. Marita sagte etwas zu ihr und nickte in meine Richtung, und ihre Mutter lachte auf, winkte mir mit der Linken, die in einem hellen Lederhandschuh steckte, verächtlich zu, als wollte sie mich verscheuchen, und brauste davon.

Die riesige Tafel Schokolade unterm Arm stapfte ich heimwärts, aufgewühlt, bis ich hinter der Bäckerei Sabine traf, die auf mich gewartet hatte. Sofort schenkte ich ihr die Schokolade und terrorisierte sie auf dem Heimweg mit übellauniger Grausamkeit. Am Nachmittag läutete ihre Mutter an der Tür, unterhielt sich flüsternd mit der meinen und übergab ihr, als wäre es Hehlerware, die Tafel, nach deren Herkunft ich daraufhin gründlich ausgefragt wurde, bis mich Mutter mit dem Wort »mein kleiner Casanova« in die Arme schloss und die Schokolade unverzüglich unter den Geschwistern aufteilte. Es handelte sich, wie sie mir sagten, um belgische Schokolade, die köstlich schmeckte und von der ich keine einzige Rippe probierte.

Zwischen Tür- und Fensterreihe wurden keine Blicke mehr ausgetauscht, und ein paar Monate später kam Marita nicht mehr zur Schule, sie war, wie es hieß, mit ihren Eltern nach Montevideo übersiedelt, und der Bruder, der alle Hauptstädte der Welt auswendig kannte, erklärte mir, dass Montevideo die Hauptstadt eines weit entfernten Landes namens Uruguay war, das jenseits des Ozeans in Südamerika lag. Eine Zeitlang malte ich mir beim Einschlafen aus, wie ich, wenn ich groß wäre, nach Montevideo reisen, Marita aus den Fängen einer Gangsterbande befreien und ihrer Mutter zurückbringen würde, die meinetwegen ihre großen Sonnenbrillen abnahm und mich, weinend vor Glück und Dankbarkeit, mit ihren behandschuhten Händen an sich drückte.

UND DANN WURDE ICH KRANK. Ich stand im Lebensmittelgeschäft Pfaff, auf einmal sagte die kleine, sonst so barsche Besitzerin zu mir: »Wie siehst du denn aus?« Mir wurde schwarz vor Augen, und ich begann zu zittern. Herr Pfaff führte mich die zweihundert Meter nachhause, und während wir gingen, schlotterte ich am ganzen Leib so heftig, dass er seine Hand um meine Schultern legte. Beim Hochhaus läutete er und übergab mich der Mutter, der er die Tasche, gefüllt mit den eingekauften Lebensmitteln, aushändigte. Ich wurde ins Bett gesteckt, der bewährte Landsmann der Eltern kam mit seiner bauchigen Arzttasche und schüttelte den Kopf, und nach ihm erschien der bekannte Kinderarzt Muralter. Er schüttelte besorgt den Kopf, und mit dem Taxi, mit dem wir uns sonst nur alle paar Jahre chauffieren ließen, fuhr meine Mutter mit mir zum berühmten Lungenarzt, einem freundlichen Witwer, der auf den Bällen der Heimatvertriebenen als flotter Tänzer auftrat und als Galan galt. Er konstatierte, dass ich eine Rippenfellentzündung, vor allem aber etwas hatte, das nach Tod klang, Tuberkulose. Ein paar Jahre vorher war der Bruder meines Vaters daran gestorben, und als ich das Wort hörte, sah ich mich bereits die Glieder auf dem Sterbebett ein letztes Mal ausstrecken.

Nun sollte ich also doch so jung sterben! Auf der Heimfahrt musste mir Mutter versprechen, dass ich auf der großen Fußballwiese hinter dem Haus begraben würde. So fromm ich war, hatte mir die Kirche keine Tröstung zu bieten, lehrte sie doch, dass das Jüngste Gericht erst am Ende aller Tage abgehalten werde und auch die Guten nicht unverweilt in den Himmel auffahren würden, sondern nach unausdenkbar langer Zeit. Eine einzige quälende Nacht allein im finsteren Grab zu liegen, schien mir unentschuldbar grausam zu sein, ein Jahr lang, Millionen Jahre unvorstellbar. Unter der Wiese zu liegen, auf der die Freunde dem Ball nachjagten, verhieß mir mehr Leben als die Auferstehung in ferner Ewigkeit, obwohl auch die Wiese nicht immer belebt war, sondern sonntags, an Regentagen und im Winter verlassen lag und dann auch ich verlassen in meinem Grab würde warten müssen.

Jeden Tag kam der Arzt ins Haus und verabreichte mir eine Spritze, und jeden Tag musste ich eine Handvoll Tabletten schlucken. Nach zwei Wochen war ich mir sicher, den Sommer doch zu überleben und eines Tages wieder hinauszulaufen auf meine Wiese, und damals begann ich die Krankheit, die keine Schmerzen verursachte, zu schätzen. Die ältere Schwester war bereits weggezogen, besuchte mich aber regelmäßig, saß an meinem Bett und erzählte mir stundenlang von der großen Stadt, in der sie nach den Sommerferien wieder studieren würde. Die jüngere, die in einem Textilgeschäft in unserer Stadt arbeitete, setzte sich, kaum dass sie zurück war, zu mir und spielte mit mir ein neuartiges Spiel, für das die Verlängerungsplatte des Küchentisches über das Bett gelegt wurde, damit wir zahllose kleine quadratische Kärtchen auf ihr verteilen konnten. Memory hieß das Spiel, bei dem es darum ging, unter vielen gut gemischten und auf der Rückseite allesamt gleich aussehenden Karten durch Schulung des Gedächtnisses jene zwei herauszufinden, deren Bilder auf der Vorderseite ein Paar ergaben. Der Bruder berichtete mir, was sich draußen, in der Welt der Freunde, tat, und wie er es berichtete, schien das der langweiligste Sommer aller Zeiten zu sein, für den es sich fast nicht lohnte, die Wohnung zu verlassen. Und Vater erzählte mir, was ich von ihm am liebsten hörte, die tragischen Lebensgeschichten der Genies, wie die von Branko Radičević, dem serbischen Jüngling, der Gedichte verfasste, so schön, dass die Frauen in Tränen ausbrachen, und der nur 24 Jahre alt war, als er verlassen, unbekannt und arm sterben musste, aber dessen Gedichte sich noch heute die Verliebten in Serbien vortrugen, wenn sie abends in einem sommerlichen Park spazieren gingen. Mutter reichte mir in kleinen Schalen und Schüsseln fortwährend Köstlichkeiten, denn für die Donauschwaben galt bei jedweder Erkrankung, dass der Patient in seinem Bett möglichst viele und möglichst nahrhafte Speisen zu sich nehmen sollte, wurde schwere Krankheit doch mit erlöschendem Appetit, mit todbringender Auszehrung verbunden. War ich allein, lugte sie auf Zehenspitzen zur Tür herein, ob ich etwas benötigte, es war ein Spiel zwischen uns, dass ich, wenn ich sie hörte, den Entkräfteten spielte, der bewusstlos lag, und sie dann besorgt näher trat, um mir die Hand auf die heiße Stirn zu legen, worauf ich lachend auffuhr. Alle aus der Familie waren so nachsichtig und so gut zu mir, der ich jetzt nicht nur der Jüngste, sondern auch krank und schwach war, dass mir nichts anderes übrigblieb, als sie später, wieder genesen und älter geworden, alle zu enttäuschen, nicht alle auf einmal, aber jeden, nach und nach.

Den ganzen Sommer über lag ich im Bett, die Freunde durften mich nicht besuchen, denn die Tuberkulose galt als ansteckend, auch wenn es die Form, die ich mir zugezogen hatte, gar nicht war. Ich lag schwitzend, wurde verwöhnt, hörte von draußen die Rufe der Freunde, die auf der Wiese tollten, unter deren Rasen ich doch nicht begraben wurde. Wenn ich sie hörte, musste ich manchmal mit den Tränen kämpfen, aber in dem großen Bett lag etwas zu beiden Seiten meines Körpers, das ich immer wieder in die Hand nehmen konnte, mit dem ich, in meinem Bett liegend, zugleich viel weiter weg war als bloß auf dem Acker, auf dem die Freunde kickten, etwas, mit dem ich tagsüber immer wieder einschlief, um in meinen Träumen bei ihm zu bleiben, und mit dem ich aufwachend sogleich weitermachte. Um meinen abgemagerten Körper lagen lauter Bücher, die von Entdeckungsreisen, Rittern, Indianern, von bösen Erwachsenen und tapferen Kindern handelten. Um mich, der ich schwitzte, weil ich zwei Monate unablässig Fieber hatte, lagen die Bücher. Denn etwas war in den zwei Jahren zuvor geschehen, das mein Leben veränderte und ihm die Richtung wies: Ich konnte jetzt lesen.

Karl-Markus Gauß
Im Wald der Metropolen
Zsolnay 2010. 304 Seiten

Karl-Markus Gauß erprobt sich in diesem Buch in verschiedenen Genres und erfindet dabei ein neues: *Im Wald der Metropolen* ist eine große Erzählung über eine Reise, die vom Burgund nach Transsilvanien, von der Kleinstadt in Thüringen auf die Insel in Griechenland führt, eine Reportage in dreizehn Stationen, die von den Straßen von Bukarest berichtet, im Niemandsland an der Grenze zwischen Slowenien und Kroatien haltmacht, den Geräuschen von Istanbul und der Stille auf einem Militärfriedhof in Italien nachspürt; es ist eine Kulturgeschichte von Europa, wie wir sie, so reich an Zusammenhängen und ungeahnten Verwandtschaften, bisher noch nicht gekannt haben.

»Ein Buch der Entdeckungen und freigelegten Fährten, eine autobiographisch grundierte Kartographie Europas … eine unwiderstehliche Lektüre.«
Ilma Rakusa in ihrer Laudatio zum Johann-Heinrich-Merck-Preis 2010

»Über den Lesegenuss hinaus ahnen wir, dass dieser rastlose Reisende an den Rändern der rauhen Europa-Realität die geheime, also die wahre Historie unserer mörderisch vielfältigen Zivilisation übermittelt.«
Dirk Schümer, *Frankfurter Allgemeine Zeitung*

»Eine anrührende, bildende, bisweilen melancholische Wanderung durch Europa.«
Kurt Kister, *Süddeutsche Zeitung*

Karl-Markus Gauß
Ruhm am Nachmittag
Zsolnay 2012. 288 Seiten

In der deutschen Provinz erschießt ein schüchterner Schüler Lehrer und Klassenkameraden; waggonweise wird im Jahr der Finanzkrise Geld verbrannt, das bereits vorher nicht existiert hat; Lieblinge der Medien und Günstlinge der Politik halten ihren Vorteil für die einzige Wahrheit, der sie sich verpflichtet fühlen. In seinen Texten verwandelt Gauß die Dinge des Lebens: Im Marginalisierten zeigt er das Bedeutsame, im Unscheinbaren Schönheit, Würde, Renitenz. Von Leben und Tod erzählt dieser Grenzgänger der Epochen, Länder und Genres. Und zuletzt geht es um die Frage, wie man gegen die Anfechtungen der Zeit ein richtiges Leben führen kann und dabei den Anspruch auf das Glück nicht preisgibt.

»Karl-Markus Gauß ist ein Spezialist im Aufspüren von Verflechtungen. Das ist das große Geschick seines Erzählens: Gedanken assoziativ aufscheinen zu lassen und sie auf überraschenden Pfaden miteinander zu verknüpfen. *Ruhm an Nachmittag* ist ein undatiertes, nicht chronologisches Jahrbuch, das nicht fragt, was war, sondern was wichtig war.«
Jenny Friedrich-Freska, *Die Zeit*

»In *Ruhm am Nachmittag* präsentiert sich Karl-Markus Gauß – einer der größten Stilisten der deutschsprachigen Gegenwartsliteratur – auf der Höhe seiner Kunst. Wahrscheinlich gibt es gegenwärtig niemanden, der eine konzisere, klarere, angriffslustigere Prosa schreibt als er. Dieser Mann hat, um ein Wort von Karl Kraus zu variieren, nicht nur etwas zu sagen: Er kann es auch ausdrücken.« Günter Kaindlstorfer, *WDR*